在劫难逃

On n'y échappe pas

Boris Vian
鲍里斯·维昂

L'OuLiPo
乌力波

杜立言 译

作家出版社

北京市版权局著作权合同登记号 图字：01-2023-0205号
图书在版编目（CIP）数据

在劫难逃 /（法）鲍里斯·维昂（Boris Vian），（法）乌力波（L'Oulipo）著；杜立言译. -- 北京：作家出版社，2024.1
ISBN 978-7-5212-2530-3

Ⅰ. ①在… Ⅱ. ①鲍… ②乌… ③杜… Ⅲ. ①长篇小说－法国－当代 Ⅳ. ①I565.45

中国国家版本馆CIP数据核字（2023）第186329号

« ON N'Y ECHAPPE PAS »
de Boris VIAN et l'OULIPO
© Boris Vian/OULIPO et Librairie Arthème Fayard, 2020.

在劫难逃

作　　者：	[法] 鲍里斯·维昂　　[法] 乌力波
译　　者：	杜立言
责任编辑：	兴　安
封面设计：	平　宇
内文设计：	张　亮
出版发行：	作家出版社有限公司
社　　址：	北京农展馆南里10号　　邮　编：100125
电话传真：	86-10-65067186（发行中心及邮购部）
	86-10-65004079（总编室）
E-mail:zuojia@zuojia.net.cn	
http://www.zuojiachubanshe.com	
印　　刷：	北京盛通印刷股份有限公司
成品尺寸：	130×185
字　　数：	85千
印　　张：	6.5
版　　次：	2024年1月第1版
印　　次：	2024年1月第1次印刷
ISBN 978-7-5212-2530-3	
定　　价：	58.00元

作家版图书，版权所有，侵权必究。
作家版图书，印装错误可随时退换。

自画像

所有插图由鲍里斯·维昂共同遗产管理人档案馆(Archives Cohérie Boris Vian)授权

法文版封面由克莱门汀·梅洛瓦(Clémentine Mélois)授权

目录

做客微虹里（代译序）……1
前言……13
在劫难逃……19
尾注……137
鲍里斯·维昂与乌力波……163
幕后……169
鲍里斯·维昂的故事大纲……175
关于封面……183
跋……187
鸣谢……197

维昂与猫

做客微虹里（代译序）

做客微虹里(代译序)

鲍里斯·维昂的眼前是巴黎的一隅天空，和点缀天空之下，徐徐转动的红色风车日夜不息的背影。1953年，此时的维昂放弃了小说，转身投入音乐、乐评、剧本等创作，与将要成为他第二任妻子的郁苏拉为伴，从此与文学相关的一切，都打包封存在天台上的这个四十九平米的储物间里，维昂用对待爵士乐的热情即兴司职建筑师、木工、电工，三头六臂地把它改造成一套近九十平的迷宫般的公寓。

天台上散落着五六只长着狮爪的白色搪瓷浴缸，外面铁胎已经显露，里面种着丁香。还有其它一些盆栽随意摆放着，我说不上名来。从它们身旁经过，凭靠在天台的边缘，虽看不到街景，但可以想见一簇簇仰视的游客，他们熙熙攘攘，驻足留影，他们镜头里的背景，是闻名遐迩的Moulin Rouge，红磨坊。而红色建筑左侧的一条小巷——Cité Véron，却鲜有人知。我喜欢把它译作"微虹里"，因其格式像极上海的里弄，还因小巷的尽头，拾级而上，就来到红色建筑背后的楼顶天台，这里住过如烟花绽放的鲍里斯·维昂，这里，依旧是维昂的家。

这里也是妮可·贝尔朵特的家。作为维昂共同遗产管理人的授权代表,她在此整理经营维昂留下的精神财富,同时,在这里生活,守护属于维昂的轨迹。这些轨迹不是烟花过后的视觉暂留。是唱片、书籍、自制的书架、写字台、"啪嗒"椅,各种不知名的或有着奇怪名字的小物件、玩具,各种改制的乐器:钢琴、里拉吉他、十八转愚比王大腹号角,各式各样的钟、相片、画作、复杂而怪诞的机器草图,旅行小纪念品,厨具、餐具,各类工具:木工、焊工,大大小小的三角尺,无处不在的巧思,幽默……这些细枝末节仍在日常的分秒中向各个维度位移,于是,维昂仍在这里。

2021年10月的一个傍晚,我走进维昂的厨房,在他那张勉强容下两人的小木桌边驻足,我就是这么感觉的。妮可指着灶头上的一个蓝色搪瓷锅向一众访客说,我们往里面扔一片五花肉,几棵蔬菜,一根筒子骨,第二天有人来就再加块蹄髈,几个番茄,一根香肠,锅就一直炖着,我们叫它"无尽锅",在郁苏拉和鲍里斯家,永远有热汤。大伙在欢笑声中原地转身,退出厨房。我转头,桌上,四五瓶瓶口敞开的葡萄酒,红的、白的,正在透气,四五个普普通通的白色餐盘里,摆满各式小吃。这是为庆祝 *On n'y échappe pas*(《在劫难逃》)的"口袋本"(在 Livre de Poche 出版社)发行。除了主人和出版社的负责人和相关编辑,前来的还有作为合著者的乌力波成员。当然,还有他们各自邀请来的朋友。我就属于最后者。

邀请我的是马塞尔·贝纳布,乌力波终身临时秘书兼临时终身秘书。乌力波是 Oulipo 的音译,Oulipo 是 Ouvroir de

Littérature Potentielle的缩写，直译为"潜在文学工场"。如果这个名字还有点陌生，那说几个团体中最著名的成员，一定无人不晓，如法国诗人、作家雷蒙·格诺，乔治·佩雷克，意大利作家卡尔维诺，现代艺术鼻祖杜尚……维昂的文学生涯与乌力波有着千丝万缕的联系，乌力波派生自啪嗒学院，维昂是啪嗒学家，两者在早期对超现实主义的兴趣和后来的对文本实验的探索也是心有灵犀。

用妮可的话说，当她决定要拿这份压箱底的维昂未竟稿做些什么，第一个想到的就是乌力波，那么天经地义，非乌力波莫属。乌力波的六位成员，包括马塞尔，历时两年，在维昂诞辰一百周年之际，教科书般地演绎了对这部曾为伽利玛出版社的"黑色系列丛书"而作的《黑色系列小说》（维昂的暂定名）的戏仿。

由此，借着这部压轴之作，维昂文学之旅也圆满地画上了句号，两万五千页维昂手稿的整理工作也接近尾声。妮可动容地说，一头干练的棕色鬈发下，银灰的眼瞳闪着光。

大家都喜欢杵在天台交谈，小吃和酒也摆了出来，屈指可数的折椅留给了最年长者。曾经啪嗒学院的聚会一度也在这里举行，也是这样的场景。当时天台的一侧还有条通道，可以通往红磨坊跳康康舞的性感女郎的后台，现在封死了。今天这个天台仍是红磨坊的产业。1954年，诗人雅克·普莱维尔租下了对门楼下的单元，和维昂共享这个天台，于是它有了一个名字：三总督天台。这里的总督是啪嗒学院借用波斯帝国的头衔，赐予其特别代表。这里的三总督是维昂，普莱维尔和普莱维尔的布里牧犬——埃尔歇。维昂的唯一一次影像采访也是在这个天台上录制的，他腼腆地用英语说，我最早是工程师，我一开始对数学一无所知，但我用功学，老老实实拿一个文凭，为了以后可以做些蠢事，说些蠢话。

由我来译成中文吧。推杯换盏中我毛遂自荐。赴约前我已读过马塞尔赠我的一册。妮可立即将我引见给法雅出版社的人。推杯换盏中我获得了众人的鼓励。在接下来的五个月里，我抱着愚公移山的精神，译完了此书。

这虽是一部对黑色小说（尤其是美国冷硬派小说）的戏仿之戏仿——很苏利万，也很维昂——乌力波还是秉承了他对语言的信仰，语言是他的世界，是他创造世界的光，是砖和瓦，是他的家。

书中多是文字游戏机关布景，每遇力有不逮之时，都得到马塞尔的指点迷津。他甚至纵容我，为我时不时在翻译中借用乌力波的手段大开绿灯，以至我在不可译的地方望洋兴叹后偷偷在别的地方加以补偿。我也学乌力波在尾注添加一些自认为对汉语读者有益的"博学"注释。小说沿用苏利万系列的路数，即佯装英译法的译作，所以脚注里出现了伪"译者注"和"中译者注"，后者是我想让读者在阅读过程中立刻知晓的信息。

本来想通过这些正在生成的文字作个序文该有的记录和交代，写着写着，自己也忘记怎么到了这里。维昂，乌力波，啪嗒学院，普莱维尔，以及那些正纷至沓来的歌手，把这里当作庇护所的乐手，维昂爵士乐圈的哥们儿姐们儿知音挚友，这里好像一个记忆的旋涡或聚宝盆，不小心触到一个就有一连串的东西拼命往外涌。纷攘而动人。音乐家维昂，那是骰子的另一面了。我就此打住。仿佛感到微醺的时候就该食指轻掩杯口，示意不要再加，即便还不打算向主人告辞。

微虹里，夜色已调浓，红色风车在红色灯光的勾勒下逆着时针徐徐转动，我们仿佛置身一座钟表的内芯，成为躲在世界背面向外窥探的精灵。一片天空下，疏云少憩，时光倒流。

杜立言

2022年7月于巴黎

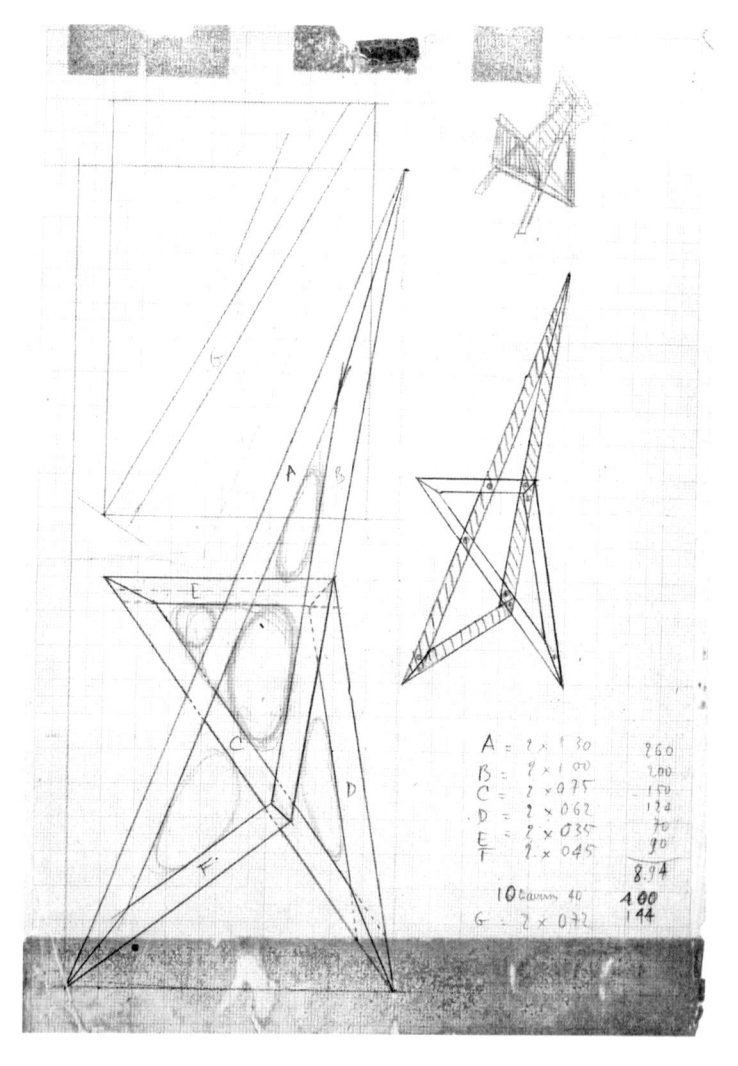

"音乐椅"设计图

2. Depuis que je suis né
J'ai vu mourir mon père
J'ai vu partir mes frères
Et pleurer mes enfants
Ma mère a tant souffert
Qu'elle est dedans sa tombe
Et se moque des bombes
Et se moque des vers
Quand j'étais prisonnier
On m'a volé mon âme
On m'a volé ma femme
Et tout mon cher passé
Demain de bon matin
Je fermerai ma porte
Au nez des années mortes
J'irai sur les chemins

3. Je mendierai ma vie
Sur les routes de France
De Bretagne en Provence
Et je dirai aux gens
Refusez d'obéir
Refusez de la faire
N'allez pas à la guerre
Refusez de partir
S'il faut donner son sang
Allez donner le vôtre
Vous êtes bon apôtre
Monsieur le Président
Si vous me poursuivez
Prévenez vos gendarmes
Que je n'aurai pas d'armes
Et qu'ils pourront tirer

《逃兵》歌谱

维昂与儿子帕特里克

里拉吉他与猫

前 言

1950年12月15日，鲍里斯·维昂有了一部"黑色系列"小说的灵感。他觉得"主题好到自己都惊讶，甚至略感钦佩"。于是写下了故事大纲，四个章节，然后……放弃了。这本会是一部"维尔侬·苏利万"式的作品吗？就风格而言，毋庸置疑，即使这个笔名专属于天蝎出版社出版的作品①。

一个多甲子过后，鲍里斯·维昂的共同遗产管理人全权委托乌力波来续写这部作品。后者欣然应命。至于任务是否圆满完成，就由您来定夺吧。

《在劫难逃》呈现在此了：这句现已用作书名的宿命之词，是维昂故事大纲的结语。小说共十六章，前四章，原封不动，出自维昂之手。

正文以外，读者还会读到一些"博学"的注释（我们选择编辑成尾注，以利阅读顺畅），维昂的故事大纲全文，逝于1959年的维昂与诞生于1960年的乌力波之间的渊源，集体创作

---

① 我们充分发挥了这种模棱两可，甚至在脚注里添加了"译者注"。

的幕后花絮,封面设计的由来,妮可·贝尔朵特代表维昂共同遗产管理人所作的跋语,以及其他附文。因为这一切的一切我们也想同您分享。

在劫难逃。

献给奥马尔·布拉德莱将军①

---

① 奥马尔·纳尔逊·布拉德莱将军(Omar Nelson Bradley, 1893—1981),是"二战"期间欧洲战场的主要美军指挥官之一,并在朝鲜战争初期担任参谋长。鲍里斯·维昂翻译了他的回忆录《一个士兵的故事》。为了表明与维尔侬·苏利万同出一脉——正如《我要在你们的坟墓上吐痰》(1946)题献给美国参议员西奥多·比尔博(Theodore Bilbo,三K党成员,殁于1947年),《在劫难逃》献给奥马尔·布拉德莱将军。

在劫难逃

第一章

……艾伦·布鲁斯特……艾伦·布鲁斯特……艾伦·布鲁斯特[1]……

我猛然惊醒；火车剧烈震动了一下，再次出发了。靠站的过程想必不徐不疾，没有扰到我脆弱的睡眠。当站台的最后几点灯火消逝在悲凉的秋日阴霾中，我若有若无地空嚼了几下嘴。嘴里黏糊糊的，这感觉让我想起在手术台上醒来，那是两个月前，在朝鲜。其实，不需要这种感觉我也能记得那次手术。我望向我的左手。一件裹着黄色皮革的美丽器物。凭着里面钢制的弹簧和杠杆我几乎无所不能。几乎。把它搭在女孩肩膀上会怎样呢？这，可不是外科医生需要操心的事情。

"您将有一只全能的手[2]，"他告诉我，"跟您的朋友握手时可要小心了[3]，您会伤着他们。"

你们见过反坦克炮弹吗？那个金属弹壳，我的左手能把它像一支卷烟一样撕开。真是一只好手。做工好。很结实。我看着它，心怀好感，也慢慢适应了。它几乎变得有人情味了。只要不把它搭在女孩的肩膀上。女孩。哪个女孩？……那个名字随着火车车轮撞击轨道的节奏，一路在我脑壳里打转的女孩是谁？……一个名字听起来像流行歌曲里的女主角，在我脑袋里被反复吟唱的女孩……艾伦……艾伦·布鲁斯特……

老天，为什么我会想到这个女孩？

可我还是会心一笑。那并不是一段不堪回首的记忆。记忆里那是一枚五十公斤的金色炸弹，该凸的地方凸，该凹的地方被精雕细琢成美人鱼的形状直到腰部，腰部以下，那就更妙了；我个人对人鱼鳞片不怎么待见。艾伦的那双玉腿……

我抓起刚扔下的一期《星期六晚间邮报》[4]试图马上找到一则冰箱广告。不然我无法回想其余的部分……她那双金黄色的眼睛[5]，细小的皓齿——她肯定比常人多长了一倍；接着，我想起长在灌木丛中的红色蕨类[6]，它们散发着蘑菇和苔藓的味道，还有远挂天边的太阳，以及一个煞费苦心的猎人搭建的茅屋；屋里有一张干蕨叶铺成的床。

艾伦·布鲁斯特……我第一个女……好吧……怎么说呢……第一个……

我们曾是邻居。我几岁来着？……我掰着手指数。十五。她和我同岁。在那个年纪，我有点单薄。不怎么壮。

火车咆哮着驶过一座铁桥，车轮碾过铁轨的轰隆声在铁皮车厢里共振后砰然放大，让我一激灵。我看了看手表。还有十分钟。黑河镇[7]在同名的河流的另一侧，我们刚刚经停西岸的石岸市。还好我醒得及时。奇怪的是，我醒来时满脑子都是她。

我们是在露西·梅纳德的生日派对上认识的。我都记起来了。我穿着我的第一件晚礼服；那是我父亲的。他本可以花钱帮我买一套新的……这也许正是他对花钱的理解：不要随意花掉自己赚来的钱。况且，我母亲设法保持着收支平衡。那件晚礼服，它紧紧裹住我。我还记忆犹新。那个该死的领结，顽固地歪向一边，还有那一头鬈发，固执地要从发胶里破壳而出，我彻底绝望……露西家的客厅也历历在目，如梦似幻般清晰……地毯被卷起，房间大到令人不安；几乎所有家具都被清空；只剩下那台大型自动电唱机[8]、沙发、沿墙摆放的各式各样的椅子、灯，到处都是灯；所有和我们一起散过步、游过泳、一起四处闲逛过的女孩，那天都穿着羞答答袒胸露肩的裙子，看起来比泳衣更加赤裸裸……

"弗兰克，和我跳支舞吧。"

艾伦正看着我。她一袭黄色薄纱裙，衬着她眼睛的颜色，如此动人。正是那晚，我们在凌晨五点开着她父母的车溜了出来。我们来到茅屋，躺在蕨叶上。她又是哭又是笑。我，羞怯又自豪，还夹着点保护欲。我本想睡一觉，因为第二天有场对阵乔尼朗队的比赛，我打接锋[9]。可艾伦是那么漂亮，我忍不住亲吻她，看到她哭实在于心不忍。

火车在加速，我在微笑。想到艾伦我依旧满腔柔情。会想到艾伦让我感到很幸福。比最幸福的复员大兵还要幸福，得不得紫星勋章[①]根本无所谓；因为第一次，那五个被火焰喷

---

① 译者注：颁给伤兵的勋章。

射器烤焦的中国士兵，不再夜复一夜地将我大汗淋漓地从梦中惊醒，两个月前，当人们在一堆不可名状的残片中把我捞出来，那个画面就无时无刻不在追缠着我，我们正是在那堆掩蔽所的残渣里等待了三十小时的撤退令[10]。

可是这列火车正行驶在美国的土地上……我回到黑河镇——还想到了艾伦·布鲁斯特，温柔的艾伦，给了我第一次男人的欢愉……艾伦，她现在身在何方？她还能认出弗兰克·博尔顿这个未老先衰的家伙吗？这个三十五岁却有着四十五岁的花白头发和眼角皱纹的家伙。在她之后我也结识过其他女人，那些女人同样美丽，同样迷人——还更加老练。

然而，当刹车鸣咽着要止住这具以时速八十英里冲刺的九百吨钢肉之躯时，我笑了，因为这是个好兆头。我要从头再来。我想到了艾伦，就是一个契机。记忆弄人啊……我很高兴在故乡第一个迎接我的是她的脸孔。吉兆。

列车徐徐停了下来。冰冷的水银灯[11]下，车站隐隐约约带着敌意。下车时人声嘈杂起来。我递出车票。一个报贩叫嚷着耸人听闻的头条。我的脑仁开始嗡嗡作响。

"不好意思。"

那男人瞧着我，有些吃惊，接着看到我的制服和上面的勋章，做了个表示理解的手势。

"一路上累了吧？"

我没有应声。我在痛苦和恐惧中冻结了。报贩还在不厌其烦地重复道：

"艾伦·布鲁斯特，黑河镇某富有银行家的前妻，被谋杀……号外……艾伦·布鲁斯特,黑河镇某富有银行家的前妻……被谋杀……"

我的记忆,是啊。我的记忆……或许要怪石岸的报贩,在那里靠站时我睡得正酣?

第二章

我折起报纸放进口袋。太迟了！一切都白费了。回家的的士停在高大的黑色铁栅门前，湿漉漉的树叶在微凉灰蒙的甬道散发出熟悉的气味，和我的皮鞋踩在台阶前的砾石上发出的响声，在《邮报》的这个标题带来的痛苦失望面前，一切都消失了，退散了，失去了原有的滋味而变得微不足道。我早已不爱艾伦；但我的脚才离开朝鲜的土地——在那里屠杀是我们的日常生存法则、白日梦魇，我马上又重新跌入血腥、谋杀和死亡的那一整套残暴而怪诞的机器之中。我的手提箱从未如此沉重；所有黑暗而沮丧的想法在我心头交织一起。不知不觉中，我机械地转动门廊的开关，我从几箱旱金莲前面经过，它们只剩下显得硕大无比的圆形叶子，还有千头万绪的黄色茎秆。我推门走了进去。饭厅里亮着灯。

我精疲力竭，浑身麻木，手一松任手提箱跌落在地上。管家韦尔[1]见到我又惊又喜，我只一句沮丧的"嘿，韦尔"。我走进饭厅。壁炉里火花四射，映射出的光芒从殖民风格的家具上撕扯下片片红色光晕，这些家具仿佛一个梦，何其频繁地重现在我眼前，每当我坐在木箱一角，喝着伙头军草草煮出的咖啡，尽管它劲头十足，仍无法帮我咽下那万年不变的配给口粮，虽然在1942年的大战里我已经吃了三年。

饭厅里我独自一人。但韦尔肯定把我回家的消息通报了房子的每个角落，因为我听到楼梯上传来急促的脚步声。我机械地转过身。我的弟媳纱丽[2]，走了进来。她走近我，靠紧我，亲吻我。她仍是一袭黑衣。自从我弟弟马克在45年[3]七月末被日本人的高射炮击落在长崎上空，她服丧至今。当时纱丽二十二岁。现在二十六了，更美了，鬈曲的铜色短发下是乳白的面容，还有那双令人倾心的黑眼睛，细长而显小巧。

"纱丽，"我说，"纱丽，很高兴第一个见到的是你。"

"弗兰克，别提了。"

她望着我，细数我的皱纹、头发和紧张的情绪。

"都过去了，弗兰克。你回来了。且不会再离开了，上校。"

她试着说俏皮话。她的手凉得像支薄荷烟。而我，几乎不敢抱她。我又想到火车上的那个怪诞的念头。搭在女孩肩膀上会发生什么？我从牙缝里挤出一声咒骂，别转身面向炉火，藏起我的左手。

"弗兰克……"

她看不过去了。我必须是开开心心的。

"你可要挨揍了，弗兰克，给我有礼貌一点。你不再爱你的纱丽老妹妹了吗？"

"爱。"我语气平淡。

"那就拿出点手足之情吧。"

我伸出左臂。

"你想让我拿这鬼东西来拥抱你吗?"

她看着我藏在皮革下的钢铁之手,不由面色苍白。她不语。双手握住我的假手,贴向唇边。这出乎了我的意料,马上抽回手来,还是晚了零点一秒。接着我用右臂抱紧她,在她眼角留下一个吻。我心里暖洋洋的。我和我的家人在一起。这意味深长。

"谢谢你,纱丽。"我低声说。

我感觉到她的手指在我臂膀上的力道。她回吻了我。随即,快如一匹母鹿来到两扇窗户之间的一张桃花心木的移动吧台前。

"来杯'嗨棒[4]'吗,弗兰克?"

"来两杯。我可不一个人喝闷酒。"

"你以为哪。"

她在两个大玻璃杯里倒上威士忌,加上冰块,又在我的那杯里添了干姜水;她都还记得。

"谢谢,纱丽。"

"祝你早日找到幸福,弗兰克。"

我喝了酒,放下杯子时太过笨拙,杯子碎了一地。她一定看出有什么地方不对劲。

"你别动,弗兰克,没关系的。我去叫韦尔。你有什么烦心事吗?"

"别再说'祝你早日找到幸福',纱丽。这会叫我想到报纸上的事。这会儿我最好还是不要想到报纸。"

她望着我，不作声了。她身穿一件黑色天鹅绒的紧身连衣裙，尽显完美的胸部曲线和对于想要静静的观众来讲过于灵活的髋部。真是一幅漂亮的画面，背景中喷射的火焰，恍如正在用爱尔兰语朝某人破口大骂。但我还是想到了报纸的标题，"嗨棒"没能像预期的那样，只解了我心上四分之一个秋。一个念头蓦地涌上来。

"再给我倒一杯，纱丽。我要去打个电话。"

我来到置于门厅的电话机前。在石岸的电话黄页里寻找。楼……陆……洛……洛丝。N. 洛丝。梦幻街739号。石岸市。纳西苏斯·洛丝[5]，我们都叫他"杀手"。我拨通号码，等待。尽管时间挺晚了，他还在办公室，因为一个女人的声音应道："洛丝先生在忙。请问您哪位？"

嗓音深沉，温暖，充满和谐的低音……

"您好，卡门，"我说，"我是博尔顿。弗兰克·博尔顿。叫那老杀手来接电话吧。"

"啊，弗兰克！"她说，加重了"弗兰克"三个字的语气，为了让我感受到她的诧异，"好，这就来。洛丝先生还没走。"

一秒钟后，杀手轻柔的声音在我耳边低语："我的宝贝，你可回来啦。"

"纳西苏斯，"我说，"我一定要见你。明天。明天早上。有急事！"

他没问任何问题。

"十点钟来，"他说，"我有整整半小时可以用来见你。"

"谢谢。"我说。

我挂了电话回到客厅。随即在走向壁炉的半道上停下来，我喊韦尔。他立即出现在我面前。

"韦尔，"我说，"公爵在哪儿？"

"先生吗？"韦尔说，"他在他的实验室里，先生。对不起……我没有向他通禀先生回来了，怕打扰他……您知道博尔顿先生的，先生。"

"好吧，"我语气坚定，"红头发，你也一起来，我们在晚饭前去拜访下公爵。"

我顺道抓过第二杯"嗨棒"，一饮而尽。这次，我放下杯子时杯子没碎。碎的是吧台的玻璃台面。但全然不是出于同样的原因。

夜幕已完全降下，纱丽畏冷似的偎紧我。

"你害怕？"我说，"也许玫瑰丛后面正藏着一窝匪徒？"

她嫣然一笑，清澈如水流。

玫瑰花丛的大片暗影里，隐隐约约蛀蚀出晚熟的白色斑驳，那是几株生命力格外顽强的银皇后，没有人在那里隐藏。有的只是一段幸福时光和夏夜里信步远足的回忆，当时纱丽平躺在我弟弟马克身旁，奉承地侧耳欣赏着我的业余歌喉。结束了，这也是；一只金属手没法再拨弄吉他自弹自唱了。

实验室的小窗在爬满常春藤的墙上裁出一个橙色的洞。我们悄无声息地走进房子；这是间铺着地砖的更衣室，很简朴；走到底的左手边是实验室的门，敞开着，我在门口立定。里面很暖和，纱丽长出一口气，如释重负。

我望着那些塞满书和瓶瓶罐罐的架子，几张堆满了凌乱设备的陶瓷桌，都是些拆了一半的支架、萃取器、细颈瓶、球形烧瓶和奇形怪状的冷凝器。一台线条复杂而对称的水银真空泵返照着天花板上日光灯的光芒，一盏钠灯染黄了坐在房间最里头那张桌子前的老人的银发。他没有听见我们进来，一动不动。我想打破沉默，又生怕吓到他。纱丽一定觉察到我的迟疑，便为我代劳了。她退回到门口，砰的一声关上门，脚步声也比我们来时要大。

"父亲……来客人了。"

静止的身影一动不动。某种难以言表的惶恐油然而生。我走进屋子。

纱丽又说："父亲……您不舒服吗？"

当我看到那塌陷的肩膀猛地一激灵，我心里的石头也落了下来。大卫·博尔顿轻咳一声，转过身来。他一下子认出了我，站起身。

"弗兰克……你来啦。"

"我第一个就来看您，公爵。"

我尽力打趣，但他的样子让我不知所措。

我父亲这是怎么了？一个人怎么可能在六个月里，变成了这个声音嘶哑的驼背老头，这个目光呆滞摇摇欲坠的木头人？然而，他却认出了我。无疑某些情感比目光更能跨越距离。

我握住他向我伸出的枯瘦的手，惊讶地发现它轻飘飘的，同时又汗涔涔的，好似病人的手。我望向纱丽。她看看我，一脸茫然。

"看来你表现得还不错？"

黑河镇最富奇思妙想的男人的轻狂哪儿去了？这个方圆五十英里出了名的神游八荒的男人。

"我尽我所能，能干掉的就不要剩下。"我说。

他把手搭在我的肩膀上，我几乎感觉不到它的存在。

"我们都老了，"他说，"我很高兴再见到你。"

他的语气，话里的意思，令我心寒。我尽力打趣。

"来来来，公爵，现在变老还太早。请别忘记，您是我们家唯一一个健全的男人……"

词语把我带向我本想回避的地方。他做了一个搪塞的手势。

"弗兰克，你很清楚这家里的男人，是你母亲。"

他狂笑，笑到浑身发颤。接着就是咳嗽。我们听得到他的肺在可怕而猛烈的阵咳中被撕裂。我靠近他，用我健全的手臂搂住他的双肩。

"好吧，"我笑道，"我俩都注定要坐轮椅。我们去定做一张两人座的。好了，公爵，注意点形象……我们等您一起来给浪子洗尘[6]……"

他冷静下来，一个羞怯的微笑在脸上掠过。

"这只是动静大，没什么大碍，"他说，"我一定是糊里糊涂不知怎么就着凉了。你们俩先去吧，我手头还有一点儿工作，做完来跟你们会合。"

"您出门时穿暖和点。"纱丽提醒道。

她没多说什么，这让我很吃惊。

她很爱我的父亲；父亲也同样爱她。马克死后，他把对我弟弟的所有感情都转移到了她身上。

我们走了出来，小心翼翼地合上门，深色橡木板后又回响起一阵咳嗽，我心如刀绞。

"纱丽，"我说，"公爵这个样子已经很久了吗？"

她沉默不语，立定脚步。我正视着她。

"弗兰克，"她说，"我从来没有意识到。今天我也是第一次发现，才大吃一惊。这变化一定毫不起眼，我们中间没有一个人注意到。应该有几个月了吧。"

石砾在我们脚下嘎吱作响。这一次，这声音再度带给我不祥之感。正是这个声音，当我躺在朝鲜稻田黏稠的泥泞里，在睡袋中度过的多少个漫无目的的长夜里，让我魂牵梦萦。

"他病了，"我说，"我们不会在六个月的时间里老成这个样子。我走的时候，他还……唉，你很清楚他曾经是什么样子的，对吧。"

他曾经光彩四射。人们永远猜不到他的年龄。还有他神游的时候是那么妙趣横生。他穿着睡衣来用晚餐；在实验室通宵达旦后，穿上晚礼服，凌晨六点叫醒我母亲要带她去看电影；当他霉运当头，打算撇下司机，亲自去车库开车出门，在水箱里灌了汽油，在油箱里注了机油；有时他甚至以为自己还在朋友哈格里弗斯伦敦的家中度假，靠左穿行整个城市……整个城市对他的这些纤芥之失都如数家珍，还不带恶意地跟他打趣逗乐。捉摸不定，漫不经心，魅力十足，且在化学领域，简直天赋异禀。

我们快走到门廊的时候，一个比我们更沉重的东西也来碾得白色石砾噼啪作响。两束光将我们裹住。汽车风卷残云般地冲上坡。光束丢下我们，拐了个弯又把我们擒住，在我们身前几厘米的地方，车身在四个轮胎上一屁股坐定。不要小瞧这一脚刹车。车门砰地关上。我在我母亲的怀中，她热情的臂弯差点叫我窒息。接着，她克制了一点，后退一步，望着我。车头灯从她背后打来，迎着光我勉强分辨出她的轮廓。她穿着一件宽大的浅色貂皮大衣，没有戴帽子。一头乌黑如墨的秀发在车灯下泛出银光。她一如既往，灵巧、敏感、倔强、充满热情。她笑了，脆如银铃。

"永远是这副呆相，弗兰基。"

她的声音里蕴含了一切，那种深情的略带轻蔑的傲慢，让我在想要出人头地的欲望中融化，那种隐秘的颤动，与她的真实情感相吻合，那份热情，那份洋溢在她脸上的性感也流淌在她裙子最细微的褶皱里。知命之年，我母亲看上去比我还年轻。

"维尼思，"纱丽说，"今天就不要逗他了。明天您有的是时间。来吧，弗兰基小子。"

这是我使出浑身解数模仿弗兰克·辛纳屈[7]的时候，她和马克给我取的绰号，那是1945年4月，马克最后一次休假回家。我拉起纱丽的手，用左臂搂住我母亲。

"维尼思，"我说，"一个美军上校是不会允许别人这样对待他的，即便他的母亲也不行。您得给我规矩点，跟我说话时不要忘记加上'长官'。"

她又笑了。笑声纯净如韦尔通知我们用餐时轻击摇铃发出的晶莹音符。在我们身后，凯迪拉克[8]的头灯刺破阴影，最后几株秋日皇后的洁白,顿时在玫瑰丛中挥洒怒放。当我们朝着门廊拾级而上,打算在我的接风宴前再喝上最后一杯"嗨棒",我又想起了艾伦·布鲁斯特。

第三章

第二天早上我醒来时，十二月的太阳正全力以赴为我的房间增光添彩。我扫了一眼手表，九点。冲澡，刮脸，穿衣，吃早餐，剩下的时间刚刚够我准时赴约。

我抬起窗框，倾身深吸花园里湿润的空气。色彩斑驳的树叶铺在墨绿色的草坪上，构成一幅我熟悉的画面，满是苍白、褪色的回忆，温柔又悲伤。为了摆脱这些阴郁的思绪，我打开收音机，搜寻某个能立竿见影的东西。来点爵士乐会让我重新振作起来。用不了二十秒我就找到一个本地的音乐DJ节目，随着唱片[1]在他敏捷的指头下一张滑过一张，我觉得他跟我气味相投，立刻把他归入了"可结交之人"行列。我走进浴室，让门敞开着。

半小时后，终于一身三件套的平民打扮，淡蓝色的哔叽比起军装那可憎的颜色简直就是天堂，刚刮过的脸，脖子上系着条色彩绚丽的领带，这是对沉闷的黄绿色——长久以来我衣着的颜色——本能的反抗。我走出门，一件浅色雨衣搭在臂弯，头顶灰毡礼帽，自从我重新踏上这片生我养我的土地，就一直渴望戴上它。我快活地吹着口哨,边朝车库走去,车库比实验室再稍远一些,当我们面向房子的时候,实验室就在它的左手边。我经过那扇小窗,里面已经亮着橙色的光,可惜我无暇逗留去看望公爵,因为时间可不等人。

铁帘门卷起着;我径直走了进去。里面停着维尼思的凯迪拉克,我父亲的水星,还有我和马克共用的那辆老双门林肯[2]。多亏司机雨果的细心打理,它始终保持着原有的光泽,和另外两辆年代稍近的车子停在一起,也没显得太格格不入。车的顶篷收起着,我答应了自己要去四处故地重游,对此满怀期待。

"你来吗,弗兰基小子?"

纱丽一定也有同样的期许。她已经手扶方向盘,向我示意打开的车门。

"我来给你当司机。"她对我说。

我看看自己的手。也许误解了她的用意。我略带挖苦地顶了回去:"我还没废到这种程度。"

我看出我的话刺痛了她。但这种自惭形秽的感觉很不好受,遗憾的是,这不会是我最后一次表现得过于敏感。她咬着下嘴唇,她那漂亮圆润略带孩子气的嘴唇,说:"弗兰基,你这个坏蛋。"

我敏捷地跳上车,坐在她身旁,深情地拥抱她。

"别放心上,那是老上校在发牢骚。纱丽,你雅人有雅量。好啦,出发吧。"

理所当然地,我搞错了。理所当然地,这本来只是一个抒发手足之情的举动,是再会比自己更年轻点的人所带来的快乐，我却表错了意。纱丽在黑河的日子过得不会太有趣，自从马克走了以后，她就一直在这栋白色石头的大房子里陪伴着我的父母。

"你知道我们要去哪儿吗？"我说。

"不好意思，弗兰基，可昨晚你通电话的时候我都听到了。"

"也不是什么秘密，"我说，"我要去见纳西苏斯·洛丝。梦幻街。在石岸。"

汽车驶出铁栅门向左拐去。纱丽的车开得很稳。我只需在座位上放轻松。我望着自己穿着麂皮鞋的脚。麂皮啊。你们可没想到吧。

"你的鞋奇丑无比。"纱丽说。

我坐直了，面露愠色。

"还有你的领带也不忍直视。"

"哈，你竟这么看，"我说，"你倒是一点儿也没让我难堪啊。"

她莞尔，目光并没有离开路面。我转向她，更仔细地打量起来。这是幅漂亮的画面。她头戴一顶黑色天鹅绒的无边小帽，一袭黑色套裙，一双细巧的黑色高跟凉鞋和一副喇叭袖口的黑色短手套。她的眼角朝着太阳穴高高扬起，一双眸子在黑河最美的睫毛下欲露还休。

"你可别当真呀，"她接着说，"我理解你的感受。当然啦，要是你有一身鲜红色的三件套，你会穿上的，对吧？"

"是。"我斩钉截铁地说。

"马克休假回家的时候也是这个样子。"她说，声音漠然且冷静。

"别想马克了,"我说,"而且你不应该常年这样一身黑。"

"哦,我这样并不是要一直服丧。"她说。

她沉默了一会儿,微微一笑。

"这是出于爱打扮要漂亮。因为黑色更适合我[3]。"

我低声嘟哝了一句。

"弗兰基,我必须跟你解释一下。我非常爱马克。当他去……当他没有回来,我心都碎了。但马克不是我的全部。我想要和你们大家在一起。和公爵。和维尼思。"

又是沉默。

"还有你,弗兰基小子。我之所以嫁给了马克,是因为他向我求了婚。这是唯一的办法。而你,你永远不会这么做。你不敢这么做,因为维尼思。"

"纱丽,你是不是疯啦?"

"没有,弗兰基小子。我爱你们所有人。我想要成为博尔顿家的一员。马克很有魅力,弗兰基,你记得他笑的样子。但对我来说,他更多的是一个同伴。当然,我也很爱他——嗯……从肉体上。但不是为了这个我嫁给了他,弗兰基。那是为了公爵。为了维尼思。为了你。为了他。为了你们四个一起。马克不在了,没错,弗兰基。但马克,只是我所嫁的四分之一。"

我如鲠在喉,说不出话来。

"而你,弗兰基,我之前一直不知道。你跟女孩们在一起是那么风趣。噢,我知道,你有过不少艳遇。但在这方面你是多么低调。不像其他男孩，你从不夸耀自己。然后我看到你跟你母亲在一起的样子，弗兰基。你爱她，你的母亲。你爱恋着她。嘿，我不是想要讲一大堆俄狄浦斯情结[4]的故事，或诸如此类的玩笑话，这一点我们要达成共识。可维尼思比所有其他女人都要好一百倍，弗兰基，以至于你是永远不会结婚的。遇到的人你都会觉得比不上你母亲。你终会是个老光棍。所以你明白，弗兰基……"

她羞怯地轻轻低下鼻尖，又浮上一记苦笑。

"我不得不嫁给马克。"

我已经探出左臂想要去握住她的手，我又记起了这件裹着皮革的钢具，我恶狠狠地低声咒骂，一半是诅咒我的伤疤，一半是为了打破纱丽的说辞造成的紧张气氛。谁能猜到纱丽那泛着秋色的秀发下，光洁的额头后面，隐藏着这般敏锐的洞察力？我清了清嗓子说："好吧，我的小乖乖，当我在那里搏斗的时候你可七七八八地读了些东西啊。"

她笑了，还是那么冷静，还是那么直截了当，她回道："弗兰基小子，我该在哪儿拐弯啊？"

我意识到了外部世界的存在。那里，是查尔斯街。再过五分钟我们就到洛丝那儿了。

"第二个路口向左拐。"我说。我想起了艾伦·布鲁斯特，同前一天一样记忆犹新。于是我打开了话匣子，向纱丽讲述为何头晚要打电话给纳西苏斯·洛丝。她咬着下嘴唇，这是她情绪激动时的习惯性动作。

"就是这样，"我总结道，"是的，我有过艳遇，还不少。

但艾伦是第一个,纱丽,我不能无动于衷。你懂的,我不再爱她——对她不再有爱情——但我保留着对她的一些回忆……哦,我猜想所有男孩对第一个给他们带来欢愉的女孩都心存点感激吧。"

她点点头。

"于是我打电话给纳西苏斯,"我说,"我会尽力协助他。毕竟我刚刚厮杀搏斗过来,在我决定换个行当前,总需要有个过渡期吧。我宁愿干掉这个谋害她的混蛋,也不要去杀那边的那些甚至连自己为什么打仗都不知道的家伙们。"

"我可以帮你吗?"她说。

"不行,我的小乖乖,"我断然道,"这绝对不是一件女人干的活……你太完美无缺了,哪怕是你的一根头发我都不能铤而走险。"

"我长得好看又有什么用呢?"她声音低落。

"停车,"我说,"就这里了。"

不回应她最后的问题,似乎是更明智的选择。

第四章

梦幻街，尽管名字如斯，却位于石岸商务区的正中心，纳西苏斯·洛丝将他的办公室设在街上最漂亮的建筑里，这里的大理石台基——上面直耸着风格游移于多立克式和虎标万金油[1]之间的立柱，令我着迷。

通过一扇铬钢框的玻璃门，我们进入一个宽敞的大厅。一排电梯出现在我们面前，不断进进出出的人流透露着这里的一切活动。事实上，上面几层由一家大型日报的管理层和事业部门所占据，他们的业务范围远远超出了石岸及其周边地区。

电梯门打开，服务生把我们送到了七楼。纳西苏斯在大楼的中层位置。纱丽跟在我身后，不再说什么，我沿着过道走去，脚下铺着墨绿色的地毯，两侧是米色的墙，终于来到低调地刻着事务所名字的门牌前。我走了进去。我们身处一间小前厅，作为私家侦探的候见室，这里的陈设过于雅致，但我和洛丝是老相识了也就不以为奇了。我走进隔壁房间。

"您好，卡门，"我说，"天才在吗？"

"噢，弗兰克，很高兴再次见到您。"

我握住她向我伸出的手，满心还乡的喜悦。尽管我的来意蒙着些许伤感，但还是很高兴再见纳西苏斯·洛丝和卡门·林朵，这对非凡的二人组。是什么样的阴差阳错使得这两人能最终在一起工作，令我匪夷所思。匪夷所思，纵使我对其中缘由了然于胸。

"我的弟媳纱丽，"我说，"纱丽，这位是卡门。"

无法想象还有比这两个更截然不同的女孩了。一个典型的棕发，一个经典的红发。卡门并非浪得虚名；父亲是墨西哥人，母亲爱尔兰人，天造地设的一对，爱的结晶也必是件得意之作。有着一双碧眼的吉卜赛人，装着一打贝蒂·哈顿[2]才有的似火热情和费舍尔[3]出品的钢铁之躯。

"哎哟哟，"卡门说，"你俩好一对郎才女貌啊。令敝所蓬莱生辉。您好，纱丽。您陪着这家伙吗？会有您好看的。这可是一剂真正的毒药。不过他舞跳得不赖。怎么着，弗兰克，有什么烂事需要摆平吗？"

"没有，"我说，"很遗憾，为时已晚，没有任何事情需要摆平了。但或许可以发现点什么事。"

"来吧，"卡门说，"纳西苏斯在等您，但您知道他的做派，是吧，老爱给自己加点戏。客户就吃这套排场。"

她按下隐藏在写字台边缘的一个按钮，一组将这个房间与纳西苏斯的"圣殿"隔开的双扉门自行徐徐打开。纳西苏斯·洛丝站在他那张桃花心木的桌子前，一身迷人的浅灰色西服，头戴货真价实的丹尼尔·布恩[4]的皮帽，以老猎手巡视地平线的架势候着我们。

纱丽朗声一笑，纳西苏斯显得非常满意。他优雅地脱下帽子以达达尼昂的姿势向我们行礼。

"欢迎到来，陌生人。"他说。

我们走了进去。纳西苏斯的房间长五米宽六米的样子，很惬意，暗玫瑰色的墙上空空如也，除了和窗户相对的那堵是一整面巨大的玻璃柜，玻璃隔板上陈列着一系列令人叹为观止的帽子收藏，从克里斯托弗·哥伦布的三角帽一直到总统毡帽，其中还有"宝贝"鲁斯[5]的棒球帽和佩克斯·比尔的斯泰森牛仔帽。纱丽欣喜万分，惊叹道："多迷人的藏品啊！"

"可不是吗？"纳西苏斯·洛丝说着边把他的无边皮帽放在办公桌上。

"纱丽，"我说，"这是纳西苏斯。纱丽是我的弟媳。"

"我的确从未想象过这个未开化的野蛮人能表现出此等品位，"纳西苏斯说，"您是他的弟媳那就一切尽在不言中了。您是被硬派给他的，他情非得已，如果他身上还有东西能称得上'情'的话。所以能见到您真是我三生有幸。"

"您真是太客气了。"纱丽说。

她满怀好奇，饶有兴趣地看着他。

纳西苏斯·洛丝确实大有可观。三十三岁的他看上去才二十岁。中等身材，比例完美，要不是他那双黑眼睛——真正的婊子的眼睛，睫毛超长又浓密，还自带放浪的眼影——他本可混迹人群，尽管有着一头金发，皮肤白皙，五官端正。他总是衣着讲究，把自己打扮成个"兔子"而乐此不疲；任何知道他和卡门关系的人都会付之一笑，但纳西苏斯还常常坚持这种模棱两可，每当一个面红耳赤的倒霉蛋咬饵上钩时，都要大耍特耍他一番。出身名门，完全可以游手好闲的他却选择了工作，而他的小生意，部分归功于老板神通广大的人脉，经营得还不错。他在他的侦探业务里增加了离婚专项；男士们为了构陷他们的太太，太太们设计她们的丈夫，都不惜向他一掷千金；纳西苏斯并不经常从事这项危险活动，但当所里的收支平衡发生一点点偏差时，就不难发现洛丝先生的名字卷入了某件上流社会的小丑闻中。他表面上的伤风败俗并不妨碍他对美丽的卡门完完全全地忠诚。

"您跟我想象的完全不一样。"纱丽说。

"啊！"纳西苏斯·洛丝微笑道，摆出他最雌雄难辨的姿态，"来，说说您以为我是什么样子的？"

"一说您的名字，"纱丽说，"我觉得您该是个屁精的样子，而您看起来一点儿也不像。"

卡门放声大笑。

纳西苏斯一脸惊讶，随即也大笑起来。

"纱丽，您的嘴太毒了。可您还是骗到我了。"

他转向我，"博尔顿上校有何指示？"

我佯装给他下巴来上一拳，他后退，小心翼翼。

"我现在一介平民，纳西苏斯，记住喽。"

"那么，平民，在下洗耳恭听。开火吧。"

"你听说过艾伦·布鲁斯特吗？"

他表情凝重起来。

"是的。可怜的姑娘……怎么了？"

我一下子不知如何解释，正搜肠刮肚。纱丽走到我身前。

"纳西苏斯，艾伦曾是弗兰克的好友。其实，是他的第一任女友。这件事让他很痛心，他想尽力……如果可以的话，弄清真相。"

"我明白了。"他望着纱丽。

"亲爱的女士，我要向您推荐一项非常有趣的活动。"

他转向卡门。

"我的可人儿，有劳您带纱丽去喝一杯，让我们单独待一会儿。"

纱丽提出抗议，他用他的纤纤细手做了一个神秘的手势让她闭上了嘴。

"嘘！嘘！抗议无效！不然我就报警，让他们把我们都抓起来。"

"您可真难缠。"纱丽说。

"我很抱歉。但这事儿童不宜。"

纱丽瞋目切齿。

"我可比您老！"她说。

我来打圆场。

"纱丽，拜托了。我会告诉你一切的。而且，确实是他的年纪更大。"

她平复下来，瞥了一眼纳西苏斯。

"要是您敢对弗兰克眉来眼去的，我就赏您几个耳光，老头。"

"来吧，纱丽，"卡门说，"别理这些无耻的家伙。随我来，我有点蕾丝边，您会玩得开心的，亲爱的。难忘一刻。最棒的。"

"好主意，"纱丽说着跟随她走了出去，"说到底，我还巴不得呢。"

我们笑了，纳西苏斯关上了门。我立马问他："你为什么不想她留下来？"

"坐吧，弗兰克。"纳西苏斯说。

他走到办公桌后拉开一个抽屉。

"说来奇怪，"他对我说，"这案子从昨天开始就吊起了我的胃口。今天早上九点，艾伦·布鲁斯特的父亲打电话给我。你知道她离婚了。"

"我看了报纸，"我说，"我就不必跟你描述细节了。"

"简而言之，"纳西苏斯说，"他要我仔细调查这个案子。我们没有掌握任何形迹，但报纸上也没有和盘托出。"

他拿着一个沉甸甸的黄色信封，打开了它。我走过去，坐在办公桌上。

"看看这个。"他说。

我一看，破口咒骂。只感后颈汗毛卓竖。一阵翻江倒海。我又想到了那些中国人和火焰喷射器。这是一张女人的照片……还能称之为一个女人吗？一丝不挂的躯体，受尽折磨。嘴、乳房和小腹不过是一摊黑色的岩浆，看来已烧成焦炭了。我放下照片。

"这家伙要是被我逮住了。"我说。

"我们就用硫黄烤他。"纳西苏斯说。

"怎么讲?"

"她是被一把点38口径一枪毙命的,被剥光衣服后,凶手将硫黄撒在她嘴上、乳房上还有小腹上,接着点燃。这样温度比看起来要高。而且燃烧时会粘在一起。"

他打开第二个抽屉,下面那个,我发现这次是一个温馨的小酒柜。他倒了两杯威士忌。

"喝了它,弗兰克。你嘴巴周围都惨白了。"

"难不成你喜欢看这个?"我问。

"不喜欢,"纳西苏斯说,若有所思,"我一点儿也不喜欢。"

"这一定是个虐待狂。一个正常的家伙绝不会干出这种事。"

"要我说的话,"洛丝应和道,"一个正常的家伙绝不会杀人。而正常的家伙太少了,这是事实。"

"不至于吧……"我表示反对,"有人一怒之下痛下杀手……这就是我称之为正常谋杀;或因醋意大发;或为复仇。但不是这样的……唉,太恐怖了。"

我尽力不再去想那张照片。于是乎,它渐渐变得不那么真实了。这具殉道的肉体不是艾伦·布鲁斯特,那个在蕨草屋里纵情的金发少女;是别的什么,一件东西,一场无名的噩梦。但跟艾伦没有关系。没有关系。没有关系。

"好啦,"纳西苏斯对我说,"别想太多了,弗兰克。像这样的你一定没少见吧。"

"没错,"我说,"正因如此,我希望能让我消停一段时间。"

我还是恢复了镇静。

"这件事里有好几个令人困惑的细节,"纳西苏斯若有所思地喃喃道,"你介意我放张唱片吗?"

"放吧。"

这是怪人[6]的奇癖。他声称只有在艾灵顿乐队的乐声中才能思考。生长并濡染于无线电时代的他,断言自己的大脑必须要有音乐才能发挥到最大功率。他走到门左边的大型组合收音电唱机前,将一沓唱片摞在送碟轴上,合上盖子,满意地搓着手走了回来。

"至少这样,"他说,"我们可以思考一下手头在做的事情了。你看哦,首先,艾伦的社交生活很活跃。"

"你认为是个爱吃醋的男友……"

"这是必须要研究一下的。她的感情生活似乎相当……呃,相当丰富。她离了三次婚。"

"或许正恰恰相反,她的感情生活很贫乏。"我苦涩地说。

纳西苏斯目光犀利地看看我,给我倒了第二杯威士忌。

"喝了它。"他说,"要是你始终这个状态,我什么都不会告诉你。你必须停止去想那个你所认识的艾伦·布鲁斯特。让我来助你一臂之力。"

他在信封里翻了一通,又取出一张照片。

"瞧瞧这个,这是出事前八天,在牛仔烈马[7]拍的。"

这是一张典型的夜店照片,他们打着闪光灯拍下,过十分钟跑来卖你两美元的那种。眼前只见一个身材臃肿的女人,一张硬朗的脸,戴着一条钻石项链,穿着一条开胸很低的连衣裙。咳,太低了。她端着酒杯,虚情假意地朝她的骑士咧嘴发笑,一个留着小胡子一头浓密黑发一无是处的小白脸。我仔细地端详她。

"该死的,"我说,"我也面目全非了吗,也像这样?"

纳西苏斯笑了起来,詹姆斯·汉密尔顿[8]的单簧管发出一个诡异的延音正伴随他的笑声同时响起。

"没有,"他保证道,"你保养得比她好。基于这点,你心里很清楚自己的感情空付流水了吧。你记忆中的那个艾伦·布鲁斯特没有死。她活在你心里,你脑袋里的某个地方,嘿,反正就是他们说的那个什么什么地方。没有比她更活灵活现的了,而且青春永驻。我们要操心的是,如果你还感兴趣的话,是找出那家伙。一个让这个女人(他指指我手中的照片)变得这样恐怖(他示出前一张照片)的家伙。撇开任何感情因素不谈,我觉得这就应该受到惩罚。"

"同意。跟我想的一样。"

"非常好。那现在,来看另一张。"

再次,他灵巧的手指探入那包照片中。他向我递来一张8×10英寸的照片。我惊跳起来。随即我定睛细瞧。与此同时,纳西苏斯第三次将我的酒杯斟满。

"纳西苏斯……这不是同一……这是什么意思?"

"翻过来。"

我翻到背面,读到:碧翠斯·德里斯科,1950年7月7日。南森镇。

这一回,我感觉自己脸色发青,要找一把扶手椅。我背后就有一把。我抓起酒杯一饮而尽,一屁股坐了下去。酒精顺着喉咙一路烧下去,使我咳嗽不已,但它刺痛了我的胃,让我不禁想起那个藏着狐狸的斯巴达少年[9]……

"没事吧,弗兰克,"纳西苏斯神色惊异,"你总不会要昏过去吧。你在三八线以北一定没少见吧,不然叫你们在那里做什么?玩弹珠吗?"

"纳西苏斯,"我说,"你这是在耍我呢还是一本正经的?因为这个碧翠斯·德里斯科,我也认识。在艾伦之后,之后很久。是我生命中第二个女人。明白了没?"

第五章

如果死鲱鱼有目光,那就同纳西苏斯的别无二致。他僵在那里,瞠目结舌,然后脱口而出一个鲱鱼哪怕是死鲱鱼的字典里也没有的词:"妈的……"

杀手重新换上他那副湿答答的鱼脸面具,目光似乎钉在地平线上较远的一个点,为方便起见,就说是东京吧。他重复道:"妈的……好吧,确实出乎意料。"

"是的,你可以这么说。"

碧翠斯·德里斯科……在和艾伦分手几年之后我认识的她。我那时十九、二十岁的样子,正考虑从戎……美式足球终于给了我宽厚的肩膀。所有人都梦想和碧宝调情。她是大学拉拉队的队长,却心胸开阔,屈尊和一个接锋约会。碧宝……她把我拖进空荡荡的更衣室,我完全手足无措,她却如臂使指,指法谙练。她是黑河体操运动员中最柔韧的那个。

"她是怎么死的?也是一枪点38吗?"

"不是。是太阳穴遭受重击。我们没有找到凶器。相同的烧痕。不太好看,不是吗?"

一个念头在我脑海闪过：我又想到了照片里那个朝着艾伦痴痴傻笑的吃软饭的小胡子。我立刻提出疑问，虽然有点难以表述。

"算了吧，"杀手答道，"在黑河谁不认识那家伙。一个蹩脚的小骗子，愚蠢但不算太坏。这两个姑娘之间唯一的联系，是你。"

我的大脑在全速运转。大学时代已很遥远。中间经历了两次战争。而且事实并非如此，对艾伦和碧翠斯表现出强烈兴趣的人不止我一个。

"等等，纳西苏斯，我有一个更好的嫌疑人。一个名字没法发音的法国人，保罗·莫里斯·吉斯兰。"

"在我看来很好发音啊……"

纳西苏斯准确无误地在记事本上写下了这个名字。

"跟他有什么关系？"

"他用抒情诗来灌溉女孩子的芳心。最糟糕的是，这招几乎屡试不爽。他睡了艾伦、碧翠斯还有其他一大把……我最好还是不要数了。"

"长得帅？"

"还不赖。棕色头发一双绿眼睛，那种带点神秘感的角色。操着他那模仿莫里斯·舍瓦利耶的口音，摆出臭架子，很讨人厌。"

"那乌玛·布隆斯汀呢？他跟她也睡过吗？"

"爱玛·布隆斯汀？"

"乌玛。你没想起什么吗？"

"我什么也没想起,从没听过。"

新换上的一张唱片开始在收音电唱机上转动。纳西苏斯站起身,轻快地,几乎踏着舞步,径直走到一个高大的挂放式档案柜前,第三层的其中一个档案夹正打开着。

我的目光落到当天的《邮报》上。道奇队在不久后就要对阵洋基队,所有人都翘首以待杰基·罗宾森[1]对阵纽约人的表现。这毕竟是第一次一个黑人打到这个级别的比赛。这场在巴吞鲁日球场的友谊赛的门票早就售罄。谁说冬季的棒球比赛一点没意思?看棒球赛,你不是必须要闻到草坪的气息,肩头扛着太阳,边喝冰镇啤酒边扯着嗓子嚷嚷球员的名字。这我也就随口说说。

纳西苏斯抓起另一个黄色牛皮纸信封,回身坐到我面前。依旧举步轻摇,优雅绝伦。

他在办公桌上新摊开一组照片。坦率地讲,我见过些世面,但这也太惨了:一个被毁容的女孩,赤裸地躺着,湿答答的头发粘在远离脸部的皮肤上。这些照片都是在游泳池边拍的;从地上装饰的瓷砖可以看得出来。这些恐怖的法医尸检照片,压根没有什么艺术性,那些地砖每次都完全可以更好地取景。女孩浑身上下都是淤青,扭曲变形的嘴巴有着可怕的烧痕。她的小腹也同样被烧伤,我不禁打了个寒战移开目光。在另一张没那么残忍的照片里,可以看到拍照的条子的鞋尖,以鄙人之陋见,那是一只双拼色瓦伦汀皮鞋,早在大战前就已过时,不过话说回来,大家想怎么穿就怎么穿,不是吗?

"好吧,冒昧地说,是已故乌玛·布隆斯汀。今天早上,在靠近霍维道的南区家中被发现,脑袋泡在游泳池里。作案时间在昨晚。她被折磨,然后被溺死,是这顺序。你可以猜到在这个天气里,她不是在晒日光浴。至于那些烧痕,是用牛烙铁烙的。"

一阵沉默,纳西苏斯又加上一句,神色错愕:

"嘿,这不就像米莱狄·德·温特在《三剑客》里吗?"

"三件什么[①]?"

"《三剑客》。是部小说,恰好还是法国的。"

"噢?"

"大仲马写的。而且他们还是四个人。"

"你什么时候开始看法国小说了,纳西苏斯?再说了,你什么时候开始看书了?"

他做了个鬼脸。我很清楚,追求风雅如他,被人称作目不识丁是对他最大的侮辱。我继续道:"还有这位温特夫人是谁?我完全搞不懂了。"

"德·温特。在小说里,她是一名交际花,但特别的是,她被烙上了烙印,因为她是个罪犯。这在那个时代很寻常,如今断了传承。她的,是朵百合花。在我们关心的案子里,乌玛·布隆斯汀被烙上的是一个F。"

"是一个F?"

"弗兰克,不要老是重复我的话。是一个F,没错,就像法

---

① 译者注:玩笑话的粗略翻译。原文是:"... in *The Three Musketeers*——The free what?"

国人，华氏度的符号，富兰克林，或任何你想得到的以F开头的东西。所以你根本不认识这个女孩？"

我翻过照片，背面写着：乌玛·布隆斯坦（显然是忙中出错），1950年12月9日，南区。

我摇摇头，使劲撇出我能想到的最无知的嘴型。这样说很不地道，但我确实放心了。我承认要是我认识这位乌玛·布隆什么的，我会变得忐忑不安的。

纳西苏斯有条不紊地把照片收拢到信封里。他头也不抬，嘟哝道："好吧，弗兰克，你看，这样说很不地道，但我确实放心了。我承认要是你认识这位乌玛·布隆什么的，我会变得忐忑不安的。"

"真是活见鬼了，跟我想的一模一样，一字不差。"

纳西苏斯给自己斟了一口威士忌，血盆大口而非樱桃小口。然后也给我倒了一杯，递给我。

"你知道那诗人后来怎样了？你指证的那个吉斯兰？先说说他在黑河学院干什么？"

"我一无所知。我们算不上什么朋友，甚至还打过一架：这草包给碧翠斯写了一首诗，当时她和我还在一起。碧翠斯很是吃惊，就拿给我看：是一个鸟儿打炮的故事。"

"你在说什么？"

"我也不知道，他是用法语写的，这可不是我最擅长的学科。总之，碧翠斯最终还是委身于他了。"

"我需要一张他的照片。在学院相册里肯定有一张。相册你还留着吗？"

我当然还留着。维尼思是不会容忍我扔掉那些陈旧劳什子的。纳西苏斯四平八稳地坐在他的扶手椅里，一脸满足。

"我受艾伦·布鲁斯特的父亲之托来调查这个案子。他给出的报酬丰厚，所以我必须迅速取得进展。"

"让我来协助调查吧。我意已决。这些女孩，我认识，那法国人，我也认识。我们俩同心协力会很快有突破的。"

"如果你愿意，但别指望拿薪水。我有太多的开销。"他补充道，指指他那令人叹为观止的帽子收藏。

他成功地博得我一笑。

"很好，搭档。那我们还有另一条线索吗？"

"起初我认为罪魁祸首是苏割普教。"

"罪魁祸首是苏格兰酒？可是，它从没伤害过……"

"苏割普教。罪魁祸首是苏割普教。那是一个基督教教派，本世纪初在俄国甚为流行。一群疯子挥刀自宫以接近上帝。"

当听到有人谈论类似的鬼东西，我做了任何正常人都会做的事：一个战栗贯穿全身，抑制不住地做了个厌恶的鬼脸。不得不说，跟宗教沾上点边总会出个什么岔子的。

纳西苏斯继续道，边单手翻着一本詹姆斯王钦定《圣经》，我没料到他会拥有一册，不论它是否夹在两瓶波本威士忌之间："竖起耳朵，弗兰克，我来给你念一段《马太福音》，确切地讲是第19章第12节：'因为有生来是阉人，也有被人阉的，并有为天国的缘故自阉的。这话谁能领受的自可领受。'要读懂这段，就必须记得稍前一点在《马太福音》第18章第8节中写的，请原谅我要读这样的鬼东西给你听：'倘若你的右手叫你犯错,就砍下来远远丢掉;因为你的一个肢体的灭亡,强如你四肢完好地进入永火。'"

我脑子有点短路。纳西苏斯一定觉察到了,于是重复道:

"永火……地狱呗。简而言之,对苏割普教教徒来讲,恶源自美,源于性,它阻碍了与上帝的交流。他们得出结论,若要无罪,直接升入天堂,到头来最好的办法就是阉割自己,甚至切掉自己的阴茎,亲爱的。女人则摘除自己的乳房。"

又一阵战栗,又一张鬼脸,一个拳头的本能动作。面对如此愚行,我强忍怒火。我的机械手擅作主张,将玻璃杯在金属指头间碾碎。

"哦,对不起,纳西苏斯。"

"随它去吧,你控制不了下手轻重。闪开。"

杀手用他修长而灵巧的手指将《圣经》放到它合理的位置,"宝贝"鲁斯的帽子下面,然后一丝不苟地捡起玻璃碎片。

"可是你怎么会知道这类事情呢?你认识苏割普教教徒吗?"

"老兄,我们家从父到子,代代都是阉人。"

我望着他,一时无言以对。

"我开玩笑的,上校!我记住些奇奇怪怪的东西,仅此而已。所以今天早上,我马上就想到,这是一次苏割普教的仪式。一种天赐的疯狂行为,因为这可真天杀的丧心病狂。这仍是个猜测,但随着苏维埃共产主义的到来,这些家伙已经从台面上消失了三十年之久。所以现在,如果说是一个独来独往的神经病,我也绝不会提出异议,不一定是信徒或者诗人。以我之见,是同一个家伙,而这也是警方的观点。尤其要是有一个额外细节能把这些谋杀串联起来。某种作案手法①，一种罪犯给自己的罪行签上大名的方式。总督察②掌握这方面信息，但我没能从这女人嘴里套出什么。"

纳西苏斯喝了口酒，他有种驾驭气氛效果的天赋。我知道在我开口之前他不会再作任何补充了。

"这女人？"

"是呀，老兄，一个女人。你必须与时俱进啊。"

"你跟她联系过了？"

他摆出一副浮夸的满足样。

"她是新来的，转眼青云直上，接替了老科特。有天，他老婆在整理他的文件时，意识到他正在处理一桩非常非常非常重大的娈童案。而事实上，根本没有……后来，他离了婚，去吃了牢饭。我就跟你长话短说吧。于是，他们从芝加哥郊区调来一个新人，她叫珍妮特·布恩。十年前，她是个令人欲火焚身的棕发尤物，是能叫高尔夫球手把球穴区的坑都填平以防她掉进去的那种。不过呢，如今她已经大大降温了。或者是制服的蓝色能绝对阻燃吧。我不知道为什么要跟你讲这些。"

"因为你居心不良。"

"总之，这姑娘挺有格调，我今天一大清早就去了她在3区警局的办公室见她，我发起了我的魅力攻势，可想而知……"

---

① 中译者注：原文为拉丁语 modus operandi。
② 译者注：总督察（chief inspector），该警衔仅次于警司（superintendent）。英语中无从知晓其性别，但纳西苏斯明确指出："I couldn't get the information from her." 由此解释弗兰克随后的反应。

"可想而知……"

他给我们俩又倒上一杯。第四还是第五杯了？你们自己去从头数一遍吧。我喜欢我俩再度开起玩笑来的样子。这帮我把艾伦·布鲁斯特和碧翠斯·德里斯科两起谋杀案中那令人不安的巧合抛到了脑后。他一口喝干杯子里的苏格兰威士忌。

"可想而知，我什么也没得到。这位珍妮特·布恩是个老手。即使我在她的办公桌上跳起西岸摇摆舞[2]，她也绝对守口如瓶。依我看，她在业余时间，是个迦密会[3]修女。"

"可不管怎么说，就这杀手作案手法的事……"

"我再说一遍，她什么也没告诉我。"

"那么这些资料，你是怎么拿到的？"

正如人们常说的，这是辩术，因为我已预知了答案。纳西苏斯到处都有门路，他的钱包是他百试百灵的敲门砖，那些门虚掩开着，就等他抬脚踏入……

"验尸官，我的弗兰克老伙计。永远是验尸官。好吧，四分之一的概率，你会碰到个变态，鉴于他对自己营生的热爱，你就趁早死了这条心吧。但在剩下的情况里，那只是个混合着消毒剂和死鸡气味的可怜虫，自珍珠港事件以来就没洗过头，天晓得为啥常常会妄自菲薄。给他停尸房的深处送上一点点爱和尊重，他会把圣雄甘地的睾丸悄悄塞进你手里。"

"甘地死了？"

"你在哪儿啊，那时？在打仗吗？"

第六章

几近午夜，大雨如注。风像一个陌生人来到镇上：迷踪失路，露出一脸无辜的威胁。在神乎其神的一刻钟时间里，一场狂暴的龙卷风在天幕前开锣上演。我家的狗鲍比死命地嚎叫，我从床上就可以听见。我难以入眠。辗转，反侧。空气里弥漫着记忆的酸腐味。

自我还在维尼思的裙下躲躲闪闪的遥远日子起，我的房间就一直没有什么改变：她称之为我的"单身公寓"。一切还是旧时模样，我的整个生活，所有触及我过去的事物，说实话，没多少。几本书，一张棋盘，几幅画。全都保持原状。光亮的木地板，又窄又硬的床，十八岁生日时我母亲送我的厚实的中国地毯，洗漱箱，收音机，电唱机，还有些78转新奥尔良爵士唱片。墙上，黑河足球队的三角旗，恍如隔世的快乐时光的残迹遗痕。我们有时会如此怀旧……即使老实巴交的韦尔送来的花草茶也有着旧时的味道。

"先生是否还有别的需要？"他用自我儿时起就一成不变的口吻问道。倘若三岁的我想要一块巧克力，他也会以同样的方式跟我说话。他微微倾身，补充道："如果先生没有别的吩咐，请先生容我退下。"

我们的管家停在了二十年前不再衰老。严谨而不呆板，寡言而不严厉，这个身材修长近乎纤弱的男人，一头对他不离不弃枯如稻草的头发，似乎铁了心要永远留在五十至八十岁之间。我实在记不起他以前的模样，年轻时的。

收音机已收不到任何讯号，仿佛暴风雨使空气变得稀薄，乃至我钟爱的乐声和歌喉也都随风而去了。

就在早上，杜鲁门总统宣布进入紧急状态以对抗"共产主义侵袭"，他的宣言被循环往复地播放着："如果共产帝国主义的目标得以实现，这个国家的人民将再也无法轻而易举地充分享受他们在上帝的眷顾下所享有的丰富多彩的生活，他们为自己和他们的孩子所建立起来的生活……"假如我躺在棺材里从朝鲜回来，此刻，我就会知道为什么了。

尽管有杜鲁门和紧急状态，我脑中还是挥散不去那三个被残杀毁尸的女孩，其中两个跟我的过去有交集。我好不容易将她们的形象在脑海中抹去，找回须臾安宁，那五个被我杀死的中国人立刻又浮现眼前，让我再历朝鲜战场。

在我接纳钢铁之手的最初几天里，心中悲伤多于恐慌。人类能消化一切……时而，我忘记了它，我的大脑向虚空、向某个记忆的荒漠发号施令。医生们给出一个词："幻肢"。

我的手术是分两步进行的。截肢。移植。一出两幕剧。我不得不从头学习生活，起初笨拙不堪，由某个叫科伯恩的来帮我，在我耳边大喊："您可以的，博尔顿上校，您可以的！"这个科伯恩一定自以为基督再世,一个能叫死者复生叫半身不遂的人站起就走的家伙。他说话咬牙切齿的习惯叫人难以忍受。和这类人打交道,你不知道他们到底是要缄舌闭口,还是要一吐为快。科伯恩的这种优柔寡断的癖好,也只有我对这再教育的功效发自内心的怀疑才能超越。

"您瞧着吧,博尔顿上校:您将拥有新的人生。更美好的人生……"

这些,全是吹牛皮。他才不他妈在乎呢。他心里说:"没办法,就是这样。"我们输,我们赢。你回你老家。

于是博尔顿上校滚回了他的老家。又何况,博尔顿上校已不复存在。

自从回到家,我总是在睡梦中呻吟。纱丽和我母亲马上就发觉了。每晚在我床上,在被褥和床单的沙场上,两军交锋。谁与谁交战,是为了什么?

"我背负着战争。"

这是我的原话。

我躺在床上。窗帘没有完全合上。一线光透进来。有人轻叩我的门,转眼,纱丽,踮着脚尖,闪入我的房间。她在我的身边躺下,床垫的弹簧发出喑哑的吱吱嘎嘎,好像一条老狗在呜咽。

我想要开灯。但她在幽光中悄声说:"你还好吗,弗兰基小子?"

她叹了口气。我随着她叹了口气。

"我留下来陪你吧,如果你愿意……"

每个从她口中吐出的字都足以让人神魂颠倒。我言不由衷地答道:"这不是个好主意。"

她紧紧抱住了我。我们就这样待了很久,不作声。这是个强度问题,我们的相拥渐渐爬升到了帝国大厦的高度。接着,骤然间,我想起了我弟弟。我的喉咙毛糙得就像吞了一把粗齿锉。我不由自主地重复道:"这不是个好主意。"

纱丽的目光盯在木地板上。

"你还记得那一天吗,那天我认识的你们,马克和你?"

尽管我有多不情愿,回忆还是开启了它的旅程。当时,我确信马克爱上了纱丽。我万万想不到纱丽也会爱上他,甚至还,爱上了整个家。

"你答应过我,如果你从战场上活着回来,弗兰克,你会告诉我长崎的事是怎么发生的。你答应过我的,别忘咯。"

确实。但五年来,我始终没有讲述我弟弟之死的勇气。我不顾所有人的忠告,参了军。这只是让我身处黑河万里之外的另一个方式罢了。我把我的弟弟拖入了这一行,也拖入了死亡。

纱丽补充道:"他们说他是英勇牺牲的……"

我清了清嗓子,便一五一十讲述起来:夜半时分重型轰炸机中队被派出执行特殊任务,日军高射炮暴风骤雨般的火力一波接着一波,完全没有平息的意思,接着是空中的猝然爆炸……我能感觉到纱丽正拼尽全力来承受这段往事。

"我有点不舒服,弗兰基小子,我需要去透口气。"

"纱丽,经历一场战争并不仅仅意味着上前线或拿起武器。

一个妻子的恐惧,一个丈夫的死,一个母亲的悲伤,甚至在电台广播里听到的新闻,在报纸上读到的言论……所有这一切,都是战争的一部分。"

我抚摸她的脸颊,她脸上闪过一丝微笑,便别无其他了。当她走远时,我听见了哭泣。

第二天,床前所未有地凌乱。雨势弱了,懒洋洋的。我下楼来到厨房。韦尔在,正挽着袖子,胳膊浸没在一桶肥皂水里,灯泡的黄色光线洒在上面粼粼浮荡。

公爵在用早餐。一份太过稀薄的土豆泥正从他的餐叉的叉齿间一缕一缕往下淌。像口水。

"这不够咸。令人作呕而且还是冷的。"他做着怪相声明。

我问:"几点了?"

"八点,先生。"韦尔生硬地回答,边搅动桶里的水。

我母亲走了进来。她看看我。

"把你吵醒了?"

"这是冷的,不够咸,"父亲重复道,"而且还软趴趴的。"

"软趴趴?!"

母亲迸发出一记刻薄的笑声,在我听来是那么陌生。

"可是,亲爱的,软趴趴正是您的专长啊。"

我望着维尼思,既惊讶又窘迫。母亲将她的婚戒不停地摘下又戴上,这是她矢志不渝的习惯。她把餐叉尖在盘子里蘸了一下,用舌尖尝了尝。

"够咸了,"她接着说,"是您的味觉。所以您对任何东西都食之无味了? 吃您的!"

父亲瘫缩在椅子里，被笼罩在大得过分的睡衣底下，用鼻子喘着粗气。他那平日里无可挑剔的白胡子上满是土豆泥，甚至在鼻孔里还沾着些许面粉，对此我百思不得其解。他把面包心揉成小丸，用勺子将它们弹射出几厘米高，观察它们如何落回到桌布上。

"你们会怎么做？"他问道，眼光投向维尼思和我，"用枪指着我的头逼迫我张大嘴吗？"

"我们还没到要用这些方法的地步。就目前为止。"母亲边说边把一只手伸进口袋里，仿佛真的在探一件武器。

他们静默了片刻。韦尔提着水桶悄然离开厨房。突然，公爵语无伦次地嚷道：

"在斯坦福，我有位同事是个物理学家，叫阿克莱特[1]；每天中午在吃午饭前，他都要重复说：'肚里空空如何承受这又累又沉的一身甲胄①！'过去很多年里，我一直想知道这句话的出处！因为那个老实头阿克莱特太蠢了，自己是想不出这样的话的！"

一阵咳嗽迫使他不再作声。他挂着一根拐杖离开了桌子，这我也是第一次看到。突然，他用一个怒不可遏的动作指向那盘土豆泥："有本事你自己去吃吧！"

他的背影消失在去往实验室的方向。

母亲耸了耸肩。在这个时辰，她唯一想做的，就是赶去参加那神圣不可侵犯的"退伍军人圈"会议，这个协会定期会集

---

① 译者注：语出塞万提斯的《堂吉诃德》，上卷，第二章。

在最近的战事中伤亡士兵的家属，尤其是母亲。维尼思是我们镇唯一一个双倍享有加入此圈的可悲权利的人：马克的牺牲和我失去的左手，为她赢得了至高的敬意。这些聚会对我大有裨益，她说。最近几周还变得相当频繁。休想让她错过一次而去陪伴那个男人，那个正在变成风烛残年的老头，那个为了成全父母之命媒妁之言，在二八之年就被许给的男人。

她神色多疑地看着我。

"昨晚你房间里不是一个人。我听到了说话声。"

她的语调中几乎不加掩饰地透着警告。

"不是这样的，维尼思……"

"不许骗你的母亲！"

忽地一记耳光响起，我至今想起脸上还火辣辣的。

在她黑色眼瞳的倒影里，我见到某种不可名状的东西。从此一切都将阴翳如此眼神？

第七章

我还在那记耳光的余热中尚未回过神来,维尼思用一种已将所有敌意抛诸脑后的嗓音同我说话了。好像什么都没发生过。

"有一通电话找你……某个叫纳西苏斯的,十分钟前。他等你。"

接到纳西苏斯的电话还真是难得。杀手更习惯别人有求于他。

"等我?几点?他跟你说了吗?"

"等你,句号。不是很健谈啊你那朋友。"

当然啦,是要那法国人的照片!纳西苏斯急需它。除了苏割普教,这是我们迄今为止最可靠的线索。我在客厅的写字柜里翻寻,维尼思在这里虔诚地保存着马克和我大学时代的珍贵记忆。我很快找到了1933级学院纪念册。我已有很多年没有碰过它了。它触动了我:我们曾经真的就是帮小孩啊。而且,照片里,我双手健全。

相册的页面之间,夹藏的是多年的回忆。电影票,音乐会票，数十张照片，都是在露西·梅纳德十六岁生日会上拍的，那晚我遇见了艾伦。还有汤米·休威尔[1]的亲笔签名，一个被彻底遗忘的棒球手，甚至还有吉斯兰写给碧翠斯的那首该死的诗，她给了我为了引惹我的醋意，看来这招奏效了，因为我自始至终没有扔掉它。"*最初，蜂鸟梳理翅膀。抚平他的羽毛。他梳理护喉羽。竖起羽冠。*①"[2]……就这样持续了一页多。纵使我绞尽脑汁，也还是看不透如此踏实可靠、神采奕奕的碧翠斯怎么会被一个装腔作势的法国佬所迷惑。毋庸置疑，我永远不懂女人。

我迅速换上一套玛尔本芥末色亚麻西装，干净利落，戴上一顶朴素大方的博尔萨利诺帽子。跳上双门林肯。我本可以让雨果送我，我们那个老是心不在焉的司机，总之在需要他的时候永远不见踪影。我想要习惯一下用我的新手开车，确认下是否会将方向盘碾得粉碎。我将信将疑：温柔点就会平安无事。

几分钟后，当我到达梦幻街上纳西苏斯的办公室时，心情近乎舒畅。电梯坏了，《邮报》的记者堵得大厅水泄不通。我差点想折回：我可不想爬七楼，跟一楼梯汗出如浆专写裹脚布的记者挤身而过。然而我认命了，垂头丧气地爬上楼梯。刚到三楼，所有灯泡都烧掉了。一片漆黑，犹如身在獾洞里。我听见身后传来一个男人的声音：

"打扰了，先生，您不会碰巧去七楼吧？"

男人靠近我，我有种不祥的预感。然而他只是个邮差，或

---

① 译者注：原文为法语。

看起来像个邮差。一个小个子谢了顶的男人,手里拿着一个体积不大的包裹。

"如果您能把它交给……能帮我节省点时间,"说着他看看手表,"四号事务所。卡门·林朵小姐。"

我点点头,接过包裹,还挺轻。五楼,两个带着鼻音的记者正在就麦克阿瑟以及他要在一切涉"黄"的地方投掷炸弹的主张相互谩骂,不可开交。我终于爬到了七楼。纳西苏斯办公室的门半开着,传来一曲贝西伯爵[3]的《徒然失望》。我像条在音乐中迷醉的眼镜蛇般前行,包裹和相册夹在左臂下。跟卡门在一起,纳西苏斯算是撞了大运,总之就是该大的地方大。她裹在一袭翠绿的丝绸连衣裙里,同她虹膜里闪着金色斑点的绿眼睛——宛如诗一般——巧妙押韵。简直太帅了。

"您这一身雅致得不行啊,卡门。"我说。

"您喜欢吗,弗兰克?"

"我非常喜欢。"

"我很荣幸。"她一字一顿。

她靠过来。我面带微笑。

"大侦探在吗?"

"哦,不在,他出去了。但他命令我留住您。"

"明白了。不过,只是出于好奇,您打算如何留住我呢?"

她用火山灰般的目光直勾勾地盯着我。

"您知道的,弗兰克,我兵来将挡水来土掩。"

她笑了。我也笑了。完全忘了还有相册和包裹这档子事。我把前者放在办公桌上,向她递去后者。

"喏，这是给您的。"

"礼物吗？哦，弗兰克，您真太客气了。"

"一件来自邮门的礼物，卡局。我是说邮局，卡门。"

我有点手足无措。

《徒然失望》播完，又一首还是贝西伯爵的曲子《疯狂不羁》跟了进来。在两首乐曲的间歇，收音机里播报了未来几天的气象预告，气温将升至华氏60度。

"啊，"卡门说，"是我姐姐寄来的……"

她打开盒子，取出一双猩红色的系带高跟鞋。她脱下鞋子，坐上办公桌去试穿她的新鞋。她来回交叉着双腿，半酒吧舞女半桃乐丝[4]的生灵，我的玛尔本渐渐绷紧，尤其在接缝处。

"还是原来那双好，不是吗？"她问道，没有耍什么小心机的意思。

她真心期待我的见解。

我把卡门拉向自己，佯装以一种近乎科学的方式研究起她的脚跟。再有两分钟，我将有点不堪入目了。幸亏她推开了我，回到自己的位子上望着我。

"弗兰克，您知道我爱您……爱和您在一起。我想要……"

她刚朝我开腔，纳西苏斯走了进来。

"这烂电梯！……"

杀手气疯了。他穿着一件浮夸的珠灰色阿斯特拉罕卷毛羔皮大衣，戴着白手套，头顶两侧挂着流苏的安哥拉兔毛乌香卡冬帽。他脸涨得通红，朝我们挥了挥手，就遁入双扉门后的"圣殿"里去缓口气，随即招呼卡门。

"我需要来一杯……"

卡门向我使了个眼色，手里提着一瓶威士忌走了进去。我在外面站了一分钟，听他俩窃窃私语。最后，传来纳西苏斯的声音邀请我加入他们。他已脱掉了大衣、手套和冬帽，换上了他的紫色缎面家居服，正是穿着这件"幸运服"，在卡门家的牌局中，一把接一把的同花顺为他赢得了"杀手"之名。

"请坐吧，亲爱的博尔顿上校。"

"我给你带来了相册。我有那法国人的照片，甚至还有他写给碧翠斯的那首该死的诗。"

我一直都很讨厌这家伙，现在回想起来，就算这怪胎吉斯兰变成了一个变态虐待狂，我的惊讶程度也就刚刚过半吧，或顶多三分之一。

纳西苏斯点点头，一字不落地读起那篇文字来。

"'他专心创作着船歌：他写下，将它献给浑身斑点的红隼……'再次证明……诗的尽头是爱情，您看看，卡门。"

他放下那片纸，叹了口气："这里面有什么要领我们没抓住。应该是密语吧。我认识个人可以让他来破译。我等下就联系他。"

他喝了一大杯威士忌："好吧，我们暂时先把这个放一放。你准备好听一个天大的好消息吗？"

"当然。我们兵来将挡水来土掩，不是吗，卡门？"

突然一阵剧烈的咳嗽害纳西苏斯上气不接下气。让我想到了公爵。我移开视线。他恢复些镇定："乌玛·布隆斯汀……那个在游泳池边被害的姑娘……她没有死。"

"啊，"我大为惊愕，"真为她感到高兴，不是吗？有时我们好死不如赖活着。"

"朝鲜谚语，没错吧？但你也别高兴得太早，这对你来说也不是个太好的消息。那具……就是我们昨天看到的那些尸体照片？我想你还记得吧。听好喽，那实际上，是格翠乌德·托克拉斯。"

"格翠乌德·托克拉斯？"

"如假包换。"

我感觉血液的流动在加速。

"天哪！我差不多在十年前认识她的。她刚入行拍一些B级片。她的真名是……曾是……"

"爱丽丝·斯坦因[5]。我知道，我知道。我还记得你跟她的滑稽事。这就是为什么今天早上我打电话去你家。可你还在睡觉……"

"爱丽丝……你真的确定吗？"

"很遗憾，弗兰克。警方确信无疑：你的爱丽丝住在乌玛·布隆斯汀家……她俩是朋友。甚至比朋友更亲密些。不管怎样，这不重要。乌玛出门几天，留下格翠乌德·托克拉斯一个人在她南区的别墅里，顺便一提，那座别墅有个法文名字叫'亮粉'[①]。你的项链上又添了一颗珍珠。"

"好比喻！"

---

① 译者注：原文为法语：La Paillette。无疑是影射乌玛·布隆斯汀的可卡因瘾。

"有了三颗珍珠，项链开始变得沉甸甸的了。那法国佬会不会也认识爱丽丝？比方说，别墅的名字会不会是他给出的建议？"

我耸耸肩。现在，需要来一杯的人是我。

这个冒牌波德莱尔①应该会对爱丽丝动心的。噢，爱丽丝的乳房。那一对，分量和凸耸的圆弧并无二致，但乳尖的颜色，尤其在舌头下的反应，却大异其趣……一侧不费吹灰之力就会伸长傲挺，另一侧则笃笃定定优哉游哉。这逗得我发笑。异色乳……我称她们为夏莉狄和希拉⁶。"这都被你发现啦，你这机灵鬼……"她边说边对我做了些相当有趣的事情。但眼下，这不是重点。

纳西苏斯审视着我，眯起他那少女的美眸。他继续道："我没能跟乌玛·布隆斯汀说上话，她还没回来。但我已经有布恩总督察在屁股后面盯着呢。她掌握着我没有的信息，但她很快也意识到我也有她所不知道的东西。"

他顿了半晌，然后语气平和地问我："顺便问一下，案发当晚你在哪里？也就是你回来的那天。"

我感受到来自杀手的怀疑，他已不劳神掩饰。

"我的火车是傍晚五点到达的，"我终于开口，"我直接回家了。"

纳西苏斯摇摇头："仔细想想。你需要一个不在场证明。你独自一人？"

---

① 译者注：原文中为 Walt Whitman，沃尔特·惠特曼。

"这种跟新搭档的相处之道还真新鲜啊。"

他抛开最基本的修辞规则,固执地重复道:"你独自一人?"

"你想要证人?纱丽,公爵,我母亲……我还是要提醒你,艾伦·布鲁斯特被害的时候我正远在千里之外。那条法国人的线索呢,你已经撒手了吗?"

纳西苏斯扬起修整过的眉毛,向卡门投去揶揄的一瞥,为了缓和点气氛,他用下巴指指我,扔出一句:"幸好你没跟这家伙有一腿……对那些亲近他的姑娘切实是个威胁。"

我和卡门四目交错,我在她眼中读到一种始料未及的神情:恐惧。纳西苏斯脸上的笑容凝固了,他用更加生硬的语调继续道:

"我要一份所有你认识的姑娘的名单。当然,发生过关系的。"

这个要求让我措手不及。

"你是认真的吗?"

"依你看呢?"

"所以你是认真的。"

"是这案情重大需要认真对待,我亲爱的弗兰克。黑河的人没见识过这样的案子,某种恐慌已经在滋长蔓延了。"

我点点头,思忖片刻。我打算给他,他要的名单。况且,它也没那么地长。接着我回想起另一个女孩,她满脸雀斑,于是我就叫她"甲壳虫"。特别是因为她的名字是维姬·威尔伯瑞。首字母缩写为VW[7]。

我遇见维姬时刚和爱丽丝——又名格翠乌德——分手,依我的品位而言,她开始对女士表现出过分的兴趣,还专在报纸的色情专栏[8]揽活。而维姬是个千金大小姐、掌上明珠,富得流油的继承人,终日耗在马背上。她尤其是个醋坛子,占有欲强且危险的河东狮。我记得有天晚上,我们球队赢了一场比赛后,带着维姬一起在牛仔烈马庆功。碧翠斯·德里斯科正开心得像是一大群叽叽喳喳的小鸟,一眼瞧见了在吧台旁的我。她朝我们走来,笑容可掬,在我脸颊上留下无辜的一吻。维姬二话不说,就扬起她那根从不离身的黑色马鞭朝着她就是雷霆一击。甲壳虫属于凶猛动物。

"弗兰克,那名单有踪影了吗?"

杀手变得不耐烦了。他递给我一支自来水笔。

我动手写了起来……艾伦·布鲁斯特、碧翠斯·德里斯科、爱丽丝·斯坦因、埃丝特·格拉斯、朱迪思·格拉斯、玛丽莲·沐恩·朴……也许有忘记的。总之,我故意漏掉了维姬。纳西苏斯的怀疑让我大失所望,至于她,我有一个计划希望能尽快实施。因为没错,甲壳虫真是个疯婆子。她经常翻我口袋,盘问我的每一个来去行踪,更何况还向艾伦·布鲁斯特和爱丽丝·斯坦因发出过死亡威胁。确实漂亮,但悍妇无疑。我没放弃玩着活蹦乱跳的蜂鸟的法国佬这一假说,但母老虎维姬作为嫌疑人也是同样完美。

而且,倘若她身处险境,能亲口警告她会让我感到庆幸的。跟你们坦白说吧,尽管她的众多缺点,有机会再度一一细数她的雀斑,我乐意至极,还正好看看我的新手会给她留下什么印象。

我向卡门送去一个轻快的飞吻,她显然仍对她的红鞋心满意足。我冲下七楼，跳上林肯。

还没到中午：我已多年未见维姬，但在这个时辰，她十有八九正在家族牧场，不是在刷马就是在骑马。命运溪在二十英里以南，过了南滩就是。我发动车的动作太快，我的钢手差点没把转向灯拨杆拔掉。

半个小时后，我来到牧场。我一路风卷云残直抵马厩没有见到一个人影，我在主通道前一脚刹住，轮胎发出刺耳的尖鸣。一片空寂。我喊维姬的名字。喊了几次。一次比一次响。我对辨别是小马还是纯种马可以说是外行，但我能感觉到这些马异常烦躁。空气里恰如其分地散发着稻草和马粪的味道。相反，一股火药味则显得格格不入。

在隔栏后，一辆汽车正在发动。我以为是维姬要离开，就跑去追她。正是此时，我看见了她，在靠近入口的第一个隔栏里。

甲壳虫没有什么变化。她的雀斑一颗不少，一双依然美丽依然神色惊讶的蓝眼睛，圆睁着，而我没有勇气合上它们。

她的黑色马鞭躺在她的身旁。

第八章

我回到城里，晕晕乎乎的。自从朝鲜回来，我再也没有直面过死人的脸，而维姬的脸孔，已比起其他任何人的，更挥之不去。这起谋杀已不容半点质疑：一个偏执狂正在有条不紊地屠杀我的前任。我本应马上报警，打电话给那个珍妮特·布恩，警告纳西苏斯。离开犯罪现场绝不是个好主意。可我担心排在名单后面的人，时间紧迫。

此刻，迫在眉睫的是格拉斯姐妹，埃丝特和朱迪思。她俩黑得无可挑剔，相似得无懈可击，我永远无法区分她们而她们乐在其中。她们熠熠夺目。她们让我体验了无与伦比的最惊人的技术。我的指尖仍能感觉到她们柔滑凹陷的腰际，再往下，她们的臀部，西瓜一般紧实。

她们在希望大道上一起经营着一家洗衣店。这生意经之一就是将24／24和7／7画在橱窗上，尽管三到六点总是打烊的，但谁会在凌晨四点去洗衣服呢？总之，当我下午一点来到时，门上的一块牌子写着"对不起，已打烊"。我怏怏地重新坐上林肯。在到达天佑街的拐角处，我顿生疑窦。很难想象她们会丢下空荡荡的铺子去吃午餐。

我顺原路返回。我拧动把手。玻璃门没上锁。店铺后间的门锁着。我四下转了一圈。没有人。正当我要退出门时，在街对面的人行道上，我认出了纳西苏斯。他背对着我，但就凭他小鸡黄的西装和酒瓶绿的帽子，你不可能搞错。我们私下里说说，我琢磨着，他偶尔盯梢时，是否也穿得这样花枝招展。

我来了个法式离场①，远远地看着他在愤怒的汽车喇叭声中穿过马路走进洗衣店，"打烊"的牌子没有让他有片刻迟疑，让他迟疑，下辈子吧。

我发动了车，漫无目的地向前行驶。慢慢地，引擎的隆隆声使我平静下来。我又想起了我们的花架子上校期待的那些故地重游，而现在，在我周围，女孩们像冬天的苍蝇纷纷落下。就连我的老伙计纳西苏斯都用怀疑的目光看我：在他眼里，我是一个癫狂透顶的大兵，一个可怜虫。说不定他认为战争已让我无所不用其极也未尝可知？

我打开收音机。在我离家的这些年里，雨果就不停地捣鼓我们的汽车，他在每辆车上都安装了豪华气派的摩托罗拉收音机。他的大部分时间都在擦洗汽车和检查引擎中度过。不得不说，维尼思、纱丽和公爵都有独自开车的嗜好，他无聊透了。

电台里正含着一口甜到发腻的糖浆——《田纳西华尔兹》[1]。我讨厌帕蒂·佩奇[2]，这个自许为女低音的金发美女。

---

① 译者注：英语 to take French leave（法式离场），意为法语中的"filer à l'anglaise"（英式离场）。中译者注：两者皆为"溜之大吉"之意。

紧接着喇叭里谈起《仙履奇缘》的大获成功，一部华特·迪士尼制作的童话故事之类的电影。就朝鲜方面，电台里的新闻少得可怜。麦克阿瑟将军刚刚下令审查所有报道，从现在起，严禁批评美军及其指挥部。不然等待记者的将是军事法庭：一个来自合众国际社的家伙仅仅忘记把他的文章提交给审查办公室，在监狱里蹲了一天。大体上，关于联合国部队的官方报道，你能写的就是他们在朝鲜。他们说我们正在打赢这场战争，但对我而言，我们将会输掉，我敢赌上我的一只手。

我正要关掉收音机，里面谈论起谋杀案来。警方已将三起案件联系起来，并正在追查一个"虐待狂"。但喇叭里却开始回顾爱丽丝——又名格翠乌德——的职业生涯，《瓜达尔卡纳尔岛起义》《朝三暮四的泼妇》或闹得沸沸扬扬的《当豺狼经过》[①]中的小明星，对"斯坦因—托克拉斯桃色事件"更是浓墨重彩，因为涉及蕾丝边。它还含沙射影地提到了艾伦和碧翠斯的名字。我第一次意识到，她们是真的死了。我感到不适。一股剧烈的恶心涌上来，我把林肯靠到马路沿，呕吐起来。

当我到达市中心时，太阳正落山。我大费周折才将车停在主街上。他们设置了人字形的斜排停车位，马路如今改成了单行道。到处是新开张的店铺，一家西尔斯百货大楼占据了科特兰广场的整个西侧。我步行到阿波罗影院，那里正在放映一部我在朝鲜就听说过的电影。《日落大道》。我曾在什么地方读到过格翠乌

---

① 译者注：美国片名为 *Guadalcanal Uprising!*, *The Pitiless Vixen*, *When the Jackals Pass*。

德差点在里面有一个小角色，一个卖花人，最后成片时被剪掉了。售票口的女孩看到我戴着皮手套的手，默默地移开了视线。

女引座员把我领到池座的最后一排。这一场刚刚开始，喷云吐雾中银幕几乎看不清。我想浸浴在画面之中，不再思考任何事情。我打错了算盘：上来一个镜头就是一具尸体漂浮在游泳池里。最终，我还是沉浸到故事中去了：一个庸庸碌碌的编剧住进他情妇家，而她，一个过了气的默片之光。她腰缠万贯，但比他年长得多，她满足他想要的一切。青春换金钱。但有些东西是买不来的。

忽然，巴斯特·基顿出现在银幕上。女主人公邀请他来打桥牌。巴斯特握着一手牌，嘴里只吐出一个字："过。"两次。对于他在有声电影中出演的唯一角色，他仅有的两句台词意味着他的时代已不再，他的荣光，亦不在。

*
* *

那一夜，又一次，我没有睡过一刻钟的整觉。我受够了待在房间里解锁各种颜色的愁眉，从最浅的到乌黑的，其中还有红棕色。我房间的墙被一辆汽车的头灯照亮片刻。我起身，从窗口看到车库前一个苗条的身影。是韦尔回来了，应该没错。实在没有睡意，我悄无声息地走下楼梯。悄无声息……也就是说任我的钢手撞击在黄铜栏杆上发出锣声。我奔着一杯波本威士忌而去。我不是一个人。纱丽和维尼思都已经在客厅里，狗趴在她们的脚边。我母亲身着一件来自巴黎圣多诺雷市郊街的轻薄长袍,在这夜深人静的时刻显得格外优雅。她依旧仪态万方,即使她用一根弯曲的麦秆撑起她的文胸,为了拥有混凝土般的胸部她才不会对几根钢筋斤斤计较。

"很明显这个宿舍里的人都不睡觉!"纱丽向我发话。

她的一双卧蚕,我见犹怜。而她,维尼思,一定是从头到脚都喷了香水。方圆几英里都能闻得见,完美无瑕的妆容一如往常。她梳了一个中分的发型。她和纱丽都有一杯在手,她们似乎是靠着它在那里撑着。纱丽稳稳当当地站起身,给我倒了一大杯占边,我一干而尽。她马上又给我斟上。唯一没有喝上一杯的是鲍比。

"我枕着我的左手睡觉,"我已有点口齿不清,"这是我用过的最难受的枕头。"

"你脸上留下印子了。"

纱丽嘴角闪出一星微笑还未漫及眸光即已熄灭。

"这叫虚肢。"维尼思说。

"幻肢。"我纠正。

"你还留着些其他的。"纱丽古里古怪地说,一边定睛在我的裤门襟上。

我匆忙套上一条裤子时底下什么也没穿,显然有点鼓鼓囊囊。维尼思神情略带鄙夷。

"把你的烦心事说来听听,我的弗兰基,"我母亲说,就好像我刚从操场上打架回来擦破了膝盖,"你可以跟我们聊聊。这是所有精神科医生都达成的共识:想要有睡意,什么都不能埋藏在心底。"

她说是这么说，但一想到要倾听我的战争回忆似乎已经让她烦透了。"退伍军人圈"的那些在搅动记忆泥潭中度过的每一个下午，应该已经让她心力交瘁了。

"算了吧……"我说着，边轻松地一口气灌了五厘升。我的头足有一担重。我使劲咽下口水，差点没呛死。

"至少，在那里，有些什么消遣吧……在两次任务的间歇？"维尼思问道。

"我们应有尽有。火焰喷射器没油了？我们就加满它。引燃火焰喷射口的打火机没油了？我们就换一个。我们有成箱成箱的打火机。食堂里烧酒喝光了？总有一辆卡车及时送来分秒不耽搁。没有敌人来领受火龙？没问题：手持红旗的朝鲜人民军会给我们一排排一列列地送上门来。人肉真是个不可思议的东西，它像烤面包一样黑乎乎地发出吱吱的声音……如果我告诉你们，我们曾经面不改色地讨论到底什么味道最难闻：是肉烧焦的味道呢还是在太阳底下持续腐烂几小时的味道？要是烤的是你自己，是不是第一种味道就没有那么令人馋涎欲滴了？烤猪，上帝的羔羊……我没有什么需要自责的。可怜可怜约翰·韦恩吧[3]。"

我这是怎么了？它总是从内心深处涌上来。可那又如何！……每次战争，同样的可悲现象周而复始：我们招募大批大批的业余选手。我说的是那些新兵蛋子。所以，一切顺顺利利是不可能的。你们还想怎么样，我们有权对跟猴子相差无几的家伙们期望更多。

我们享有片刻凝重的沉默。我走向吧台给自己调了杯提神的玩意儿。随着一声轻柔的敲门声，韦尔悄无声息地走了进来。

"我们什么都不需要，韦尔，谢谢你。"维尼思说。

韦尔点点头，然而在壁炉里添了一段圆木，待在那里拨火。令人心安的存在。

维尼思给自己杯中倒上酒，在沙发长椅里坐满，两只赤脚滑到通过体操和振动溶脂仪保养的腰肢下面。

"还有姑娘呢，也给你们配送到家吗？"纱丽接着之前的话题问道，"你们有领略异国风情吗？"

她的声音里兴味索然。只是信口而来的好奇。

姑娘？是的。那边窑子里的高丽小妞一个比一个更像超薄胎陶盏、瓷坯，嘴角含着一勺奶的中国茶道……我们深入城里的贫民窟。空气里充斥着麝香和印度火锅的味道。

玛拉就是那些姑娘中的一个。玛拉的芳香，来自她的肌肤和进口罗杰加莱香水，在我鼻孔里肩负着殊死抵汽油味和烤肉味的艰巨任务。这是她力所能及的。她穿着一件真丝长裙，一排扣子从肩到小腿开在一侧。她年轻而纤弱，两手通红。我相信比起其他人她更喜欢我，并不因为我是上校，而是没有第二个人能像我那样哼唱《有时我觉得自己像个没有母亲的孩子》[4]，还有我会用嘴模仿比尔·科尔曼[5]的小号。她爬上桌子跳起舞。在桌子的清漆面上，她柳腰轻摆，乱舞一气，她两腿微分，唇间不禁吐出一声低吟。我只需伸出手像摘一枚成熟的橘子一般接住她。当我进入她的身体，她总是轻轻叫出声。她炽如炼狱。

我不清楚自己是大声谈起玛拉的还只是停留在脑子里。我不记得是否说出了她的名字……是否描述到细节？我又灌了自己五厘升……噢，玛拉的臀部是那样光润殷勤……她回还往复的进攻每次都命中靶心……那是当然啦，我说到了玛拉，说到了她刨根问底的劲头，她对美国抱有的热切梦想。因为突然间维尼思咯吱一声，发出假笑：

"美国？你不会是想说你的黄热病要旧情复发吧？"

我对母亲的轻蔑措辞不予反驳。

"她没机会来了，她已经在这里了。我听说她现在住在蓬特丹尼尔海滩，靠近贝克斯维尔。"

"玛拉，是她的真名吗？"纱丽问。

"玛丽莲，"我说，"玛丽莲·沐恩·朴。"

"可以说就是个婊子。我不喜欢这样的。"维尼思说。

朴小姐跟一位刚退役的二星少将走了，伤透了一整个团的心。他把她打包带了回来，安置在一栋面朝大西洋的大别墅里。我为她高兴，不过，尽管我知道怎么联系她，也并不情愿这么做。我不想让她看到我这副模样。以后吧，也许。

又是一阵沉寂降临到我们中间。最好换个话题。我想转移一下思绪，我必须转移思绪。壁炉里一段柴薪倒塌了。鲍比打了个哈欠。尽管如此，纱丽还是含情脉脉地望着我。维尼思冷冷地注视着她。她定是想起了马克，因为她的眼中饱含泪水。

而我，两眼始终干涸，不过，奔波在酒精和回忆之间，我算是受够了。我的样子很难看，不得不让韦尔扶我上楼回到自己房间。我仿佛缺少了乐队的泰坦尼克，在沉默中沉没。

第九章

第二天早晨，接近中午，如果我们能称之为早晨虽已是中午，不管怎么说，就算再早一个钟头，考虑到昨晚的烂醉，我本该连三个有条理的词都凑不到一起的，好吧，简单起见，第二天中午，我不得不再去见纳西苏斯。我在莲蓬头下冲了很长时间，极力把粘在一起的眼皮冲开，可我还饱受着该死的宿醉之苦，我开着公爵的水星就缓缓上路了。只需要绕上一小段，就可途经希望大道上的格拉斯姐妹的洗衣店。我在她们的店门前减速。门上的牌子没有动过。心中不安油然而生。我继续向梦幻街驶去，尽我所能将车停在了纳西苏斯的大楼前。

我下了车。太阳正试图摸向天顶，它熠熠放光，以至于你真的明白了，某天，一个家伙发明了同名的眼镜仅仅是为了抵抗这不可思议的光。电梯已经修好。服务生趁着故障的工夫给自己换了个加里·格兰特的抹了发膏的造型，而他却长着一张米基·鲁尼的脸。轿厢里的收音机里搅动的依然是发腻的糖浆，佩里·科莫的《在某个醉人的夜晚》，这并没有消除我向窗外纵身一跃的渴望，至少那样能摆脱佩里·科莫[1]和我的头痛。

打开办公室玻璃门的是卡门。当她发现来人是我,向旁边闪了一小步,就像一辆科尔维特拦路遇到辆三十吨的卡车。她穿着一条短得过分的连衣裙和渔网袜,看起来就像《明星的阶梯》[2]里的琳达·隆巴德,如果你们明白我的意思,不然就当我没说吧。

"我吓到您了,卡门,还是被我的酒气熏的?"

"对不起,弗兰克,整件事让我神经紧张。但我要为自己开脱一下,这些天,您差不多是个冤家,宜解不宜结。"

"我不会杀掉您的。"

"那是自然,弗兰克。再说,大家都知道凶手总是会提前通知被害人的。既然您告诉我不会,那我就没什么危险了。"

我还是把她搂在了怀里,真所谓花开堪折直须折。她香气怡人至极,正如棕发女郎洋溢出好闻的味道,而她更是美妙有加。

"杀手在吗?"

她转过身去背朝我,随风摆柳般向纳西苏斯的办公桌走去。

"不在。他和珍妮特·布恩一起走的。他送她回警局。这种怜香惜玉的东西您不会懂的,弗兰克。而且,说不定在路上,她还能多透露些什么。"

"她来过这里了?"

"是啊,您很吃惊吗?"

"是的。不。一半一半吧。她想要干吗?"

卡门不急着回答。她一脸诡谲地望着我。她走向纳西苏斯的扶手椅,坐下,做了一个绝对超乎我想象的举动:她把脚跷上了桌子。这架势一个男人摆摆还勉强可以,但不好意思,也不是在他穿着苏格兰短裙的时候。而这,这,比前一天还糟糕:卡门修长的双腿吸光了整个房间的空气,占据了整个视野,使人脑袋里再也容不下他物,只有那双美腿,高跟鞋,渔网袜,以及衣料不太得体的扯动而露出的一截粉嫩肌肤。整个营造出某种气氛,有点像一头饥肠辘辘的孟加拉虎走进您的房间,只是更惊心动魄。我对自己说,她这么做是为了让我的性费洛蒙制造一些当我老态龙钟的时候仍回味无穷的体验。然而并没有,她对我的脑中风视若无睹,她说:

"珍妮特·布恩想知道一切,一切我们没有告诉她的。她把自己的仕途都押在这个案子上了:镇长越来越不耐烦,报纸都围着她打转。真的开始冒焦味了。我这么说倒不是因为女孩子容易焦头烂额。她甚至准备自己掏腰包,这个珍妮特。起初,纳西苏斯拒绝了。"

"之后呢?"

"之后也是。您想什么呢,弗兰克?我们从来不向条子打秋风,这压根就是这一行的金科玉律。不然,他们就开始相信什么也不亏欠你们了。我们最终向她透露了一点……您猜猜是啥。"

"我。"

"也不是一上来就说的。您这就有点过分了……首先,只是说这三个女孩曾有同一个情人。"

"我看明白这话要往哪儿带了。其次呢?"

"其次,我们不可避免地告诉了她这位情人的名字。弗兰克·博尔顿,您知道是谁吧?"

"感谢提醒我。知道有朋友在就是好。"

"别急,弗兰克,故事还没完呢。您知道珍妮特·布恩做了什么吗?"

卡门分开双腿,两脚迅速放回地板上站起身来,走到窗边,窗开向列克星敦大道。我浑身僵硬,而此刻的原因已不是那么愉快了。她对戏剧性的火候拿捏还是很有一套的。纳西苏斯倾囊相授了,或正相反。

"我怎么会知道,卡门?她是唱了《圣母颂》[3],还仅仅是在她的本子上写下了我的名字?"

"全错,她根本不需要。这位死板得像正义一样的女总督察差点儿没晕厥过去。弗兰克·博尔顿这个名字给她来了个晴天霹雳。之后,她极力掩饰自己的慌乱,了不起的专业人士,但纳西苏斯还是套出了她一点儿话,您猜怎么着?"

"怎么着?说说。"

"不好意思,弗兰克,但记不起自己情人的名字可有失风度啊。真的就一点儿也想不起来了吗,珍妮特·布恩?珍妮特·布勿勿勿勿恩?"

卡门将最后的音节在跋扈飞扬、胜券在握的微笑中拖得老长。

"可终究还是,想不起来,卡门,珍妮特·布无无无无恩,如您所说,还是一点也想不起来。我毕竟没有睡过那么多姑娘吧……"

"您这是在问我吗？"

"不，可要是您愿意，我可以用准确的语调把刚才的话再说一遍，来消除任何歧义。"

"珍妮特·布恩，您也许一点也想不起来，但珍妮特·德弗罗，跟她第一任丈夫的姓……这您有点印象了吧？"

噢，是的。珍妮特·德弗罗。这我印象深刻了。那是很早以前的事了。棕发。高高的颧骨。一双杏眼。颇有游戏的情趣。

"警方要讯问您，弗兰克。我要是您，就会自己主动去局子走一趟，再续前缘嘛。带上一束花，礼多人不怪。"

卡门不是在开玩笑。然而在这种场合要选什么花呢？啊，花语，又是一件部队没有教你的东西。话说回来，在和珍妮特短暂的柔情蜜意里，我从未想过会和未来的条子上床。但不得不说……那光滑的肌肤，那双杏眼，手铐[1]……还真没的说，这一个。

---

[1] 译者注：不可译的文字游戏。原文为："Although... her arresting eyes, her undercover skills, the handcuffs..."

第十章

我并不急于找珍妮特庆祝我们的旧梦重温,我决定先回家。

到家时,维尼思正在门厅,手里提着一只小手提箱。她紧紧抱住我,紧到要窒息,然后疾退一步,看了看手表。

"雨果开车送我去机场。"她说,"我和葛洛丽雅还有黛西一起去趟佛罗里达,快去快回。"

显然是新朋友,我不认识。我顺从地做了一个准许的手势,她就匆匆出门了。

在客厅,我发现瘫坐在扶手椅里的父亲,仿佛熄灭了。一份最新的《邮报》摺在红木茶几上。国务院对中国和朝鲜实施禁运,政府冻结了中国侨民持有的所有资产。我心想应该尽快去洗衣店取回我的西装,赶在杜鲁门将它们扣押保管之前。在第7版,有篇文章的标题是:《富豪女继承人维姬·威尔伯瑞在其父牧场惨遭毒手香消玉殒》。我全神贯注地读起来。由于尸体没有被破坏,警方没有将其同另外几宗谋杀案联系起来。记者提及了两条线索,说实话都挺模糊。前一天,在通往牧场的路上一个条子对遇见的一个黑人游民做了例行检查:不太容易找得到。还有一个专偷赛马的盗贼,上个月已经在邻近的一个牧场——罗素家的——下过手:我们还没能确定他的行踪。我来得太晚了没能救到维姬,又太早了没给那疯子足够时间去完成他的工作,而且唯独我知道这一点。文章附有一张维姬父亲杰克·R·威尔伯瑞的照片。这是在几天前的一场慈善晚会上才拍的。威尔伯瑞和我父亲同年,但看上去要年轻二十岁。

公爵在打盹儿。电话铃响也没能吵醒他。我没接,断定是警察。

见父亲如此憔悴、如此潦倒,想见他从今只是半个男人,我就感到眼皮底下刺痒难忍。我决定留下来陪他。当他不在实验室的时候,公爵可以一连几个小时泡在电视机屏幕前,张着嘴,就像一个灯塔守灯人囚困在自己的光线之中[1]。电视机是他唯一一笔不计后果的开支:花了近八百美元买的增你智公司[2]最新潮的十六英寸型号,配有"懒虫"控制盒供懒鬼使用。他有他钟爱的节目,从《佩里·科莫秀》一直看到《高露洁喜剧时间》。还有ABC电视台播的一出侦探系列剧,一个相当睿智的私家侦探和一个资质平平的条子联手,只不过有时他们意见相左,而且总是私家侦探更善于发现蛛丝马迹。

韦尔端来了咖啡。他总是煮过头,带着几乎沸腾的咖啡特有的烤玉米的味道。我慢慢呷了一口。公爵醒了,含糊不清地嘟哝了一句,便咕嘟咕嘟牛饮起来,像是在喝啤酒。他把一半泼在了沙发上,另一半洒在他的灯芯绒裤子上,最后一半溅在他那可笑的淡紫色棉拖鞋上。

"我去给先生再拿一条裤子,先生,"韦尔对我说,"我可以麻烦先生把先生的裤子交给先生吗?"

父亲在奚落自己笨手笨脚的,但我看到他满脸愧色。临走时,韦尔又说:"请允许我提醒一下先生,在夫人出门期间,她允准了我一次休假。我可以休息半天吗,先生?"

我点点头。韦尔打算下午去干什么?我试着想象他在保龄球馆打出一记 strike① 或在电影院里吃着爆米花,但这是白费力气。

说来奇怪,父亲对广告表现出某种热情。每当一个节目开始或接着播下去,他就把盒子对准屏幕,克制不住地要摁下切换频道的按钮。这个装置应该是以狗的频率波段发射的,因为每次摁下都会让老鲍比惊跳起来狂吠。我不忍心看这条狗受罪,脑子像黄油白酱一样磨碎搅烂。

父亲看电视的方式让我得了肝溃疡。最糟糕的是,他还边晃悠边哼哼《开着雪弗兰饱览美利坚》以及所有诸如此类的广告歌,棕榄牌肥皂,胜家缝纫机或好彩香烟:只消一副嗓子他就是辛纳屈,多点气派他就成了迪恩·马丁[3]。

电话铃又响。公爵迷失在远方的某个山巅,目光空洞。响过十几声后,对方放弃了。电视里正在播放史密斯威森的"熨斗"广告,父亲不由自主地哼起来:"你正在开火?让他们去猜吧!来尝尝史密斯威森家的铁家伙。"一则"新闻快讯"的三个高音打断了他,让我大松一口气。

---

① 译者注:保龄球术语 strike 指第一球将所有球瓶击倒,即"全中"。

快讯，就是当一个嗓音低沉眼神忧伤的男人用一种悲情的口吻向您宣布他很抱歉像小偷一样突然出现在您家里，而实际上他已陶醉在即将向您宣布的消息之中。我以为他会谈到为建造防辐射掩体和为核战做准备的三十亿拨款。知道我们缴的税用于一些真心了不起的事情总是让人放心的，比如制造原子弹或为躲在地下挖些大坑。然而并没有，快讯男宣布了连续两天登上所有报纸头版头条的"黑河恶魔案"的"最新进展"。刚刚又发现了两具遭到破坏的女性尸体，这一次被藏在一个大烘干机里。被害人为两位"有色"姊妹。对此我已不必更明确了……所以埃丝特·格拉斯和朱迪思·格拉斯死了。我的项链上又多了两颗珍珠，黑珍珠，这一次。

公爵在屏幕前又睡着了，一支熄灭的香烟挂在唇边。我抓起"懒虫"换了一个台，只为再看一遍双重谋杀案的新闻，一个稍微没那么可鄙的版本。我感到窒息。我想叫醒我的父亲，把他从鼾声中拽出来，大声喊"爸爸，爸爸，救救我！"就像小时候我从噩梦中醒来时那样。

我两眼放空，望着电视机，里面汤姆正徒劳地追逐着杰瑞。过了有多久？我说不上来。鲍比在吠叫。然而是门铃的响声将我从半梦半醒中拉了回来。它就像牙医的砂轮声不绝于耳。我听见韦尔的脚步声朝门口而去，照旧是慢条斯理的。他打开门。

我认出了珍妮特低沉的嗓音。珍妮特·德弗罗，如今的珍妮特·布恩。我清楚珍妮特想从我这里得到什么。若是换一个场合，我会非常乐意与她重逢。但此刻，我太他妈的需要消化一下那些新闻,厘清一下思路。我环顾客厅:电视机旁的窗扇打开着。我于是想到了快讯男,想到他小偷般身手敏捷地潜入别人家里的天赋。

不知道脑子里出了什么问题,但我跃窗而出。

第十一章

我横穿过草坪落荒而逃，生怕被珍妮特发现。腐叶铺成一张棕色的海绵垫，好几次我差点就摔个四脚朝天。珍妮特在门厅一定等得不耐烦了。我越过黑色铁栅门，一路奔到修士街拐角处的电话亭。事已至此，我打电话给纳西苏斯。我实在需要帮助。电话通了。我听见幽幽传来艾灵顿乐队的演奏：纳西苏斯回来了。为了再次引入铜管的声部，公爵用钢琴在旋律中加上了一串有力的和弦。又是他的搭档的甜美嗓音：

"洛丝林朵事务所，请说。"

"再次问好，卡门。"

我喘得上气不接下气。

"又是您吗，弗兰克？告诉我，您这是跑着去赶飞机吗？"

"可以这么说。"

"可别跑得太远啊……您来的正巧。我让洛丝先生来听电话，他正好要……"

卡门还没来得及把话讲完，纳西苏斯就抢走了听筒。

"弗兰克，我们必须尽快见面。不要在我的办公室。找个公共场所但是要隐蔽的。"

"查普曼公园？"我提议。

"不好，在下雨，会弄皱我的新西装的。就大水族馆吧。一小时后，鲨鱼池碰头。"

我一路步行到那里。

不是很远，并且我担心条子们掌握了我家从水星到林肯所有车辆的识别特征。天气阴沉沉的，梧桐们得了黄疸。往来穿梭的汽车慢慢悠悠交换着秋的舞步。我的左手煎熬着我。我仍能感觉到那些斩断它的弹片。一怒之下，我伸手抓住几根低矮的树枝，轻轻一捏，它们即崩裂横飞。

由于气温高达华氏45度，水族馆里几乎空无一人。仅有的几位静悄悄地航行在和谐的波涛之下。纳西苏斯选的地方不错。在其中一个淡水缸后面，一条五英尺长的鲇鱼睁着圆圆的大眼睛，漫不经心地望着我。我慢慢走向下一层，来到鲨鱼湾。一对角鲨正沉湎于某种洞房之夜的爪哇舞，在无休无止的双人舞中旋转着。我观察它们，思忖着纱丽是否会喜欢这种舞蹈。我感到肩头一沉，原地弹了起来。

"它们恋爱了。"手的主人淡淡地说。

"见鬼，纳西苏斯，你吓了我一跳。"

他堂而皇之地穿着亮粉色的三件套，和包围着我们的绿松石般的水色形成互补，头上还包着一条紫红的锡克教头巾。我的眼睛差一点点就错过了他。

"你看了那一幕吗？太他妈棒了！"纳西苏斯两眼眨也不眨地对我说。

"你在说什么？"

"昨天，在终场前最后一分钟，克利夫兰布朗以一记达阵[1]成功绝杀洛杉矶公羊。这对他们在全国橄榄球联盟第一赛季来说算是不错吧！"

我把眼睛瞪得就像一对平交道口。

"我开玩笑的，弗兰克。你可想而知我来这儿不是为了跟你讲这些的。知道吗，昨天我看见你走进格拉斯姐妹的铺子，差不多一转身又出来了。为什么不跟我讲一声就去了呢？你应该料到我在监视现场。我规规矩矩地在干活。艾伦·布鲁斯特的父亲付给我的钱可不少。"

我找了半天一个说得过去的借口。枉费心机。看来最简单的办法就是向他全盘托出。我解释说，一离开他那里，我立刻又想到了维姬·威尔伯瑞。一个我忘记写进名单里的女孩……当然，并非故意。我讲述了牧场之行，令人毛骨悚然的发现，她圆睁的眼睛和躺在地上的马鞭，逃脱的凶手，逃离现场的我，试图警告格拉斯姐妹却扑了个空。我只对真相的一些细枝末节进行了自由发挥。一阵短暂的沉默。我补充道："你不会还在怀疑我吧？"

纳西苏斯做了个鬼脸。

"说说你和格拉斯姐妹的事吧。"

那条雄鲨张开嘴，炫示起完美的颌，仿佛是出自某个正畸金匠之手的杰作。

"怎么样?"纳西苏斯很坚持,干巴巴的语气,反衬着水汪汪的现场气氛。

"她们经营的洗衣店,我的西服都送去那里。有一天,我把小票弄丢了。就和她俩中的一个去店铺里间找我的裤子,我至今都不知道是其中哪个。就是这样开头的。持续了好几个星期。我们挽着胳膊,我带走了埃丝特,或朱迪思。可以肯定的是,她们很享受捉弄我。我可以想象她们轮着班来过夜。直到有一晚我把两个都带走了。"

"她们死了。"他突如其来地冒出一句,"被发现缠绕在烘干机里。"

"我知道,我看了新闻。"

"他们没有提到的是,当她们被分开时,发现她们的嘴、乳房和胯间都被人用熨斗烫过。这变成了一种癖好。很明显,这是个典型的弗洛伊德医生家的疯子。他谋杀你的老相好并毁尸。解释一下怎么回事?"

"稍等一下,纳西苏斯,我提醒你,是我自己跑来找你的。尤其是你还有苏割普教的线索呢?"

纳西苏斯耸了耸肩。

"苏割普教教徒从来没有把人烧焦过。"

"那我们的另一个嫌疑人呢,那诗人,法国人呢?"

"那就来说说他吧。我向艾伦的父亲和珍妮特·布恩指出了这条线索。FBI立马就干了他们的活。不好意思,弗兰克,但你的诗人做了医生。大战期间他领导了一个抵抗运动网络，还在解放后，你那英勇的保罗·莫里斯·吉斯兰医生被任命为里昂医院院长。了不起的成就啊他。他已经有五年没离开过法国了。"

我一落千丈。脑浆在沸腾。角鲨跳着叫人生不如死的华尔兹，围绕着我们盘旋。有谁会知道我那些旧情姓甚名谁呢？我猛然间有了一个启示。

"纳西苏斯，我还是个毛头小子的时候有一个小记事本！里面记着我所有的交往经历。"

"你给她们打分吗？给珍妮特·布恩打了几分？"

"不要曲解我的意思……不管怎么样，我早就不再往里面写任何东西了。"

"它在哪儿，这本传说中的小记事本？"

"在我床头柜的抽屉里。抽屉底部有个隔层。我可以叫纱丽把它拿过来，她和我很亲近的。"

"别太近了，但愿！"纳西苏斯补充道，"我宁可先不用纱丽帮忙。"

他说得对。有些事情最好不要交到女人手里。不是说有什么内容会让我弟妹有所不悦，没什么能冒犯她的。可是，看在上帝的分上，每个人都有权享有自己的秘密花园，如果这个花园有洋基体育场那么大，那也是他的事，不是吗？我提出自己亲自去拿。

"现在不行。"纳西苏斯说，"如果条子在你家发现你，他们会拘了你。不如你在我办公室睡一觉。我们明天一早去你家。仅在此之后，我才去拜访一下珍妮特·布恩。"

"你要去告发我？"

"我会说得越少越好。但我不能再向她隐瞒你刚刚告诉我的这些事。"

鲨鱼不再打转。生命，爱情，弹指之间。

第十二章

街上死气沉沉，空无一人。灰蒙蒙的拂晓中夜色正在褪去，雨水给所有景物抹上湿漉漉的一层，将一栋栋别墅和一杆杆路灯粘在大地之上。黎明时分的黑河，几乎天真无邪。我不会在街上撞见任何人。一小时前，纳西苏斯叫醒了我，给我递来一杯黑漆漆的液体。他很机警，头顶紫色巴拿马草帽，身上洒的斐奥[1]淡香水和咖啡的味道很不搭调。我嘴里黏糊糊的，好像一只仓鼠决定死在里面。

纳西苏斯想要确保没有条子埋伏在别墅前，我们的克莱斯勒在大雨中减速绕行了两圈。我对家里人的习惯了如指掌。韦尔肯定在厨房干活，纱丽应该还在睡觉，维尼思说过下午会从佛罗里达回来。至于公爵，看到他实验室小窗透出的橙色光芒，就知道他已经在忙碌了。这使我有充分时间进去，取回记事本然后离开。

纳西苏斯把我送到栅门前。

"我会把车停得远一点，"他说，"万一出状况，我就按两下喇叭。别磨蹭。"

我忘记穿雨衣，蓝色哔叽西服被淋湿了。想到此刻在朝鲜的稻田里，应该正下着一场同样百无聊赖的雨，我不禁打了一个寒战。我也没有戴帽子。我一路跑进房子，当我顺着宽大的台阶爬上楼进入自己房间，已浑身湿透。穿过抬起的窗户，初生的黎明使房间的轮廓变得模糊不清。

一声呻吟从床上传来，吓得我一激灵。有人拨动了开关，一束刺眼的黄光在房间里蔓延开来。

"是你吗，弗兰基小子？"

纱丽平躺在床上的一堆迷人的凌乱之中。掀开的被单露出她一流的玉腿，平坦的小腹，以及完美到无以复加的双乳，耸起在母贝色真丝睡衣下面。她头发蓬乱，但看着舒服。

"你终于决定脱掉那身全黑的丧服了？"我微笑着对她说。

纱丽笑开了花。她没错，我出奇地可笑。

她眯起黑色的大眼睛，用一种挺犯贱样子加上一句："我就知道你会回来的。你不来亲亲你妹妹吗？"

现在可不是让自己分心的时候。我来到床边，吻了她的两颊，像亲吻兄弟一样。她噘起嘴，好似一个做了傻事跑去墙脚惩罚自己的小女孩。

"我的天使，我真的很赶时间。我们把手足间的互诉衷肠留到晚些时候吧。"

"你保证？"她问我。

她推开被单，伸了个懒腰，毫不忸怩。

"你又捅了什么娄子，弗兰克？"

这是个女人，没错，可是，如果你一直憋着心里话，会孤独死的。我向她陈述了我的欢乐处境,并指出喜上加喜的是,屁股后面还有一帮条子追着赶着。

纱丽一声不吭。她咬着下嘴唇,一如往常。这是她的拿手戏,但也暴露了她的焦躁不安。她利索地点燃一支薄荷烟。我跪在床头柜前,拉开抽屉,旋转底部打开了隐藏的隔层。里面是空的。我从牙缝里吹出一声口哨。

"纱丽,这个抽屉里有一本记事本的。你知道是谁拿走了吗?"

"记事本?你确定是这个地方吗?"

我没有回答。我们开始手忙脚乱地把所有地方翻了一通。真是一团糟。我们打开抽屉、橱柜还有书籍。当我兜底翻出上校制服的口袋时,一阵恶心让我浑身战栗,这僵硬的衣料散发出死亡的恶臭。我戴着手套的金属手颤抖起来。我头晕目眩,大脑一片空白。浑身冰凉。

谁会对这本记事本感兴趣呢?只有六个人住在这里。时间尚早,白色石头的大房子却渐渐苏醒过来。

雨停了,是时候喘口气了。从窗口可以看到雨果正带着洁癖清洗着凯迪拉克。

"我去搜一下韦尔的房间。"纱丽说着套上一件长袍,"现在是六点半,他正在厨房里呢。你负责雨果那间。"

韦尔和雨果的房间在西翼的顶层。司机那间有着复折式屋顶,收拾得井井有条,绿白相间的条纹墙纸,英式条形地板,一张普普通通的铜床,一张他用作写字台的简陋的桌子,一把旧编织椅。书架上堆满了封面破旧的侦探小说。其中一本半开着，让人窥见用油性铅笔画出的一段赏心悦目的酷刑场面。在壁炉台上的一个相框里，一个穿着小学生校服的孩子，看起来像雨果。最后，在墙上，挂一幅我曾经在饭厅里见过而我母亲不想再见的田园风景画。我在衣柜里什么也没找到，里面仅有的几件衣服的口袋也是空空如也。床底下，我发现一本《圣经》。是波兰语的，辅音在那里挤来挤去，使得满纸荒唐言更加晦涩难懂了。所以，雨果不仅是个谨小慎微的人，还是个教皇派的死忠信徒。七年前，当马克和我在太平洋上一岛一屿地收复那些群岛时，他来到公爵这里帮佣。我对他知之甚少。我花了几分钟，把能找的地方翻了个遍，这时我听到纱丽在韦尔的房间里喊我。

"弗兰克！"

她的声音里满含急迫。我冲了过去：她打开了一只鞋盒，把里面的东西摊开在地毯上。

一些剪报，我看到里面有艾伦、维姬以及她父亲的照片，两个大信封，每个都大概装着十来封信，尤其是，我一眼就认出了我那黑布面的小记事本。

远处的汽车喇叭响了，两声。

"纳西苏斯的警告。"我说，"我必须开溜了。"

"我跟你一起走。"纱丽说。

我摇摇头。

"不行。你回去睡觉。你没有被通缉，如果他们把我俩一起逮捕了，我很难想象你穿着睡衣到局子里去的样子。"

我匆忙把纸片、信封和记事本放回盒子里，用我的好手拿着纸盒，吻了纱丽的脖颈，就滑向楼梯，幸好在那儿，没有遇上任何人。

纳西苏斯在他的黑色帝国[2]里等我。我在他一旁坐下，大口喘着粗气。他打了个哈欠。半个条子的影子也没看到。

"我很无聊。"他淡淡地说。

第十三章

帝国在湿漉漉的柏油路上飞驰。

"纱丽在韦尔的房间里找到这个。"说话间我把鞋盒递给纳西苏斯看。

他边开着车,边把它搁在方向盘上,检查起里面的东西。他首先拿起我年少时的记事本。看到它在杀手手中让我有种赤条条的感觉。克莱斯勒差点撞上一辆卡车,纳西苏斯猛打方向盘。

"看着点前面的路。"我说,"我逃出地狱可不是为了像巴顿将军那样挂在一场事故里。这样的死法真他妈蠢透了[1]。"

"完全不搭界。那是辆凯迪拉克。"

他还是停下了车,把纸片一张一张地从盒子里取出来。看上去就像在玩宾果游戏。他从查阅报刊文章着手。全部都是谈论我的一众未婚妻的谋杀案的。涉及所有谋杀案。我脸色发白:"你看。韦尔甚至还剪下了那些关于维姬·威尔伯瑞和格拉斯姐妹的。"

纳西苏斯不置一词。他把剪报放回盒子里,打开未封口的信封。

"可是……这是维尼思的笔迹!"我听见自己在惊呼。

纳西苏斯读了起来。他读得很快,还把信中的某些段落指给我看,丝毫不动声色。这真是一篇生花妙笔,不适合放在所有人手里传阅的那种。一根能用两行臻微入妙的句子教会你成人之事的硝酸甘油炸药。第一封温柔如水,第四封热情似火。最后一封,怒火中烧,一一列举了与她丈夫——我的父亲——失败婚姻中最难以启齿的细节。我一头雾水了:

"维尼思写给韦尔的信!?"

纳西苏斯收起了笑容。

"弗兰克,我开车送你去一家城外的汽车旅馆。你暂时不要有什么动作。"

"我跟你一起去局子里。"

"门都没有。他们只会把你关进号子里而我什么也帮不了你。我需要推进我这边的事。我或许有个主意……"

"你不想要你的最佳搭档了吗?"

"是的,这样更好。有消息随时通知你。"

显然,纳西苏斯心情不太好。

贴在风挡玻璃上的枫叶被风卷起,四下翻飞。我们驶过东桥离开了这座城市。远处闪动着一家汽车旅馆的招牌:Hello Motel。我盯着它看了许久,那些火焰般的字母在依旧黑茫茫的天空中忽明忽灭。Hello 中的 o 坏了,这不是个好兆头。

旅馆前台正在电视机前打瞌睡,屏幕上播的是前一天棒球赛的比分结果。老虎队再次对阵洋基队;而这是真的,5 比 3,

这个比分跟来自纽约的球队很不相称。他们本应该以一个5比0完全碾轧那些底特律乡巴佬的。是的，可现在，事情总是这样，友谊赛，没人全力以赴，每个人都为赛季养精蓄锐。友谊赛……友谊，您猜怎么着？这玩意儿搅黄您的爱情还整垮体育运动。

纳西苏斯按了一下柜台上的铃，那家伙从一副脏兮兮的眼镜后面抬起一对鼠目。

"我们想要一间房。"纳西苏斯说着将三张钞票放在柜台上。

男人狐疑地看着我们。

"大床房吗？我可不想惹麻烦。"

按说，纳西苏斯会趁机捉弄一番，可是灰色的心情找不到任何诙谐之词。他耸耸肩，目光冷冰冰地盯着前台，男人机械地补充道："明天早上十一点前必须退房。"

纳西苏斯扔给我两本此前从手套箱里拿出来的书。

"你不要离开这里，弗兰克。你保留房间。你读《爱伦·坡袖珍本》和《霍桑袖珍本》[2]，不要停，门要反锁。"

他随即转身而去，老克莱斯勒帝国掉转头驶向黑河。

房间破陋不堪：看了这里的墙才知道什么叫作潮湿，墙纸剥落下来，一道裂缝划过天花板。床又吵又硬，在老板手中蜕变成厕所的狭窄壁凹里有蟑螂出没。

纳西苏斯是对的，我娄子捅大了。谁又能帮我洞悉其中呢？我当然想到了维尼思。她擅长推理分析，我还向她介绍过几个我俘获的芳心，在我还两手健全的时候。但她写给韦尔的信令我发狂。因为痛苦。因为愤怒。我的思绪里容不下别的事情了：我回家那晚的情景又浮现在眼前，她跨出汽车，用乌亮的头发和苍白的貂皮裹住我，把她的幸福埋入我的肩窝和车灯放射出的光束里。纵使我父亲不再能满足她作为女人的需求，那也不能成为为所欲为的借口。我在盥洗盆里冲了一把脸，企图用水龙头里流出的棕色汁液清清我的思路。

这一主仆间的不伦之恋也没有阐明任何事情。为什么韦尔会对谋杀案感兴趣？他是怎么知道维姬的死同其他几宗有关联？可说到底，我对他的生活又了解多少？一无所知。当维尼思怀着我不得不匆忙结婚时，韦尔已是她家的家仆。他们是老相识了。

我抬起头，在斑驳的镜子里审视自己的面部线条。我试图发现韦尔轮廓的影子。当然啦，只要你寻找，就会找到。所有人看起来都多少有点相似。这明显行不通。

如果韦尔是我父亲，那这些谋杀案又是为什么呢？管家杀手之流，说真的……完全不合情理。我甚至不知道自己是谁了。我怀疑所有人。我为每个人找到一个想要屠杀我的前未婚妻们的充分理由。我想象着美丽的纱丽，将绝望寡妇的爱移情给亡夫的哥哥，又像红发女郎都爱犯的那样妒火中烧。公爵，往每日例行的土豆泥晨祷中偷偷掺点毒品，并在其控制下行事。或更妙的：雨果，透明人雨果，表面上热衷于给车身抛光，绝好掩饰了一种被魔鬼附身的撒旦气质。光可鉴人必是奸人①，不

---

① 译者注：原文英语 Too Polish to be honest³。而且，这句关于抛光（polish）的玩笑话还有仇外意味。

是吗。

在《星期六晚间邮报》的头版,他们放了张"布痕瓦尔德的女巫"伊尔斯·科赫[4]的照片。她被判终身监禁。我忍不住从她身上找到一些属于我母亲的东西,不仅仅是年龄、黑发或是波浪卷的发式。也许是眼神。一种严厉。一种冷漠。好吧,布痕瓦尔德集中营指挥官的妻子让人用带有文身的人皮制成灯罩,在诸多娱乐中,她还骑着她的母马在集中营里驰骋,命人将那些胆敢偷眼看她的人鞭打致死。所以,完全两码事。例如,维尼思不骑马。我感觉糟透了。

时间像倒置的沙漏一样流淌。我在过道里抽烟,一支续着一支。不用说,完全不能专注于纳西苏斯留给我的书上。我的思绪在别处。在服务台,旅馆伙计始终瘫在电视机前。一场球赛开始了。放在以前,我会更乐意看洗衣机运转而不是棒球比赛。至少,在滚筒里,有起承转合。然而现在,我少了一只手,棒球拒我于千里,我感到了一种吸引力。

比赛结束后,麦克阿瑟开始在电视机里讲话,战争的味道真香。他说他要封锁中国海岸,炸毁中国工厂,从台湾获得增援,让蒋介石手下的中国人大展身手。麦克阿瑟尽可以昂首挺胸,但事实是,总参谋部将他视为疯子,所有人对他避之不及已有好些日子了。

我在大堂徘徊。有了点饿意,但我不想在出去的时候万一错过纳西苏斯的电话。在靠近前台接待处的一个角落里,四平八稳地供着一台古董腌鲱鱼卷自动贩卖机。我扔了枚25美分硬币买了一份,以至于回到房间时,喉咙里已含着一片内华达的沙漠。

我甚至还没来得及解开鞋带躺下,就传来三下敲门声。我打开门。是珍妮特·德弗罗。珍妮特·布恩。

"这里是博尔顿家的新城堡吗?"她说,面无笑容。

她走了进来。

第十四章

她的黑色橡胶雨衣在滴水。她脱下,摺在千疮百孔的扶手椅上。纳西苏斯撒了谎:女总督察分毫没有失去她的魅力,她秀发的光泽也一丝未减[1]。

"你好,弗兰克。"

她那棕发女郎的沙哑烟嗓也依然如故。

"你……你没有变。"我结结巴巴地说。

她的目光从我花白的头发移到我戴着黄手套的手上。

"你也是。"

她在床沿坐下。

"我不是来抓你的,弗兰克。要不然,我就不会一个人来。我知道你无罪。"

"那是当然。艾伦·布鲁斯特和碧翠斯·德里斯科被害时,我都还不在这里。我是回来以后才得知的。"

"错,弗兰克。就布鲁斯特女孩的谋杀案而言,你已经从韩国回来几天了。你完全可以到黑河打个来回,杀了那姑娘,再稍后正式返乡。她的死亡时间有点模糊,不管怎样,没人能在一天二十四小时都有不在场证明。碧翠斯·德里斯科,她,是在七月被害的。7号。你正要动身去韩国。你休了一个星期的假。我核实过了。至于托克拉斯的谋杀案,你也在嫌疑人名单上。然而,所有这些谋杀案都有一个额外要素,正是它从此彻底洗脱了你的嫌疑。"

"那是什么?"

"对不起,弗兰克。我无可奉告。或许,好吧,这关系到奶。"

"奶?"

我惊得目瞪口呆,一脸茫然。我找到遇害的维姬时,半滴牛奶的痕迹也没有。

"你很快就会知道的。我们有我们的方法。警方从被害人入手追查源头。嗅觉灵敏的警探工作起来就跟鲑鱼一样。"

她继续道:"从一开始调查艾伦·布鲁斯特,她父亲就雇了一名私家侦探。这妨碍到了我。但此后,洛丝先生一有情况都会通知我,好吧,他说他会这样做的。所以他把你母亲写给韦尔的信交给了我,还有你的记事本。那个名单,非常考究。"

"我那时还是个浑小子。傻瓜一样为自己的战利品感到自豪。"

"就算是吧。"

她点燃一支烟,吐出一缕青烟在房间里缭绕升腾,她用职业的口吻继续道:"关于玛丽莲·沐恩·朴都有谁知道?"

我脸色变得煞白。

"玛拉?为什么这么问?"

"我们追踪了她的行迹。这很容易。那所房子在马修斯将军名下,她是二星将军的心肝宝贝。贝克斯维尔的治安官找到了她……"

珍妮特顿了一下。

"然后呢?她出什么事了吗?"

"她死了。一颗点38口径子弹致命,你已所知的部位遭到了破坏。一件凶杀案。莱温斯基治安官一定乐坏了,他要升职了。那地方没什么大事发生。验尸官再一次找到了只有警方掌握的凶手签名。"

"凶手作案时签上了名字?"

"这是个形象比喻。"

我眼神迷离,看见浩浩荡荡的噩梦小精灵、蟑螂、蜘蛛排出长龙,在墙壁上、在天花板上鱼贯而行。我的腌鲱鱼卷渴望着旅行。这一次,我彻底崩溃了。

"噢……"我又说。

"韦尔知道玛丽莲·沐恩·朴的存在吗?"珍妮特问道。

我回想起两天前,在客厅的暖意中,便做了个怪相。我的失眠,壁炉里的火,威士忌和随之而来的宿醉。韦尔当然知道,这是我的错。珍妮特明白了。

"我只是需要确认一下。一个小时前我们去抓捕韦尔。扑了个空。他已经逃跑了,我们发出了通缉令。在他房间里,他留下了这个。"

她从上衣里取出一个信封递给我。我认出了公爵的信笺和管家一丝不苟的笔迹。

我要向所有人致歉。疯狂侵噬我的生命已有多年。我以为能够抗拒它。但这些残忍的罪行乃畸形之爱结出的毒果。

我早就应该做出此般决定。若有必要，我愿用我的死亡来结束这场暴行。从此血流不止，血流成河……

韦尔读了太多的《麦克白斯》。我把信还给珍妮特。

"我不明白。出于什么理由韦尔会对我的前任这样痛下杀手？"

珍妮特摇摇头："正如富拉尼族谚语所说，你想知道就等着，等着等着，你就会知道。"

她先是微笑于内，而后认同于终[2]了。

"稍微思考一下，弗兰克。韦尔一直爱着你母亲。他们有外遇这是毫无疑问的。你弟弟死了，而现在你又回来了，你，这个家的最后一个男人。把这些谋杀案嫁祸到你头上，韦尔就可以畅通无阻地娶你母亲了。我并不是想说他的计划滴水不漏，我只是试着跟你解释他的理由。"

我思考了片刻才答道："你的理论站不住脚，珍妮特。我不是家里唯一的男人。你忘了公爵。"

珍妮特露出一个悲伤的微笑。

"你的父亲丧失了能力……当我们去找韦尔时，他拼命咆哮起来，把实验室里的东西都砸烂，还用拐杖殴打我的手下。

我请洛丝先生送他去了医院。"

"我这就去看他。"

"你看不到的，弗兰克。值班医生给他用了镇静剂。据他诊断，你父亲不会很快出院的。目前，他不允许接受探视。就连他的妻子也不行。"

"怎么，公爵一个人吗？我母亲没和他在一起？"

"是的。我离开局里的时候，她还在接受讯问。"

"因为你们另外还收押了维尼思？"

"我们不得不询问她和韦尔的关系。当然，我们没有提及那些信件，理论上它们不应该在我们手里。"

"她不会还在总局吧？"

"你就别担心你亲爱的妈妈了。她有你们的律师陪着，钱……"她从口袋里掏出名片，"钱伯斯律师。他建议她不要回答任何问题，而她正是这么做的。再说，博尔顿夫人不是嫌疑人，她是证人。她肯定已经回家给你准备放学回来吃的小点心了。"

她漂亮地眯起眼睛，我明白女总督察大人的职责已尽，这小妮子并不讨厌向我抛送秋波。

"你忘了在记事本上写下我的名字，弗兰克。我对你就这么微不足道吗？"

我的手是钢制的，但我不是块木头。我把机械手指搭在她的肩头，就像等看一手下了注的牌。当你不想没话找话时，一只手，哪怕是假的，放在一个漂亮女孩的肩头，这永远是一个很好的回答。

她看到我注视她的样子，什么话也没说。她呆在那里。胸口急促地起伏。一股奇特的欲望在我心中激起，将时间无限延展，当我连衣服都没脱就将她按倒在铁床上，感觉一个世纪刚刚流逝。她没有做任何抵抗。她的私处柔软而炙热，仿佛一股热泉，我的身体冉冉摆动，我的双手在她不安而紧绷的肌肤上游走。然后她把我搂紧；恨不得肉儿和我团成片，她呻吟着，好像一头忍痛的野兽，几乎无声，无从解释。我把嘴唇贴在她的唇上，她檀口微启。她向我附耳低喃：

"我一直随身带着手铐。"

直觉告诉我，这一天不会浑然虚度。

第十五章

快乐而疲惫,我们也顺应潮流,例行事后①一支烟的仪式,这想必是这个国家的电影杜撰出的最为精彩的俗套。我们也许会成为幸福的一对。来自Hello汽车旅馆的珍姐与弗哥¹。

珍妮特穿上衣服,整理好手枪皮套,看了一眼手表。

"我必须回趟总局。我把你捎回家。放心吧,我不会鸣警笛的。"

老福特双色豪华轿车停在停车场,在旅馆霓虹灯的正下方。车门上的金色六角星在初垂的夜幕下闪闪发光,前台的那家伙对这是一辆警车是毋庸置疑的。我望着坑坑洼洼的车身:

"它还真是豪华²啊。"我说。

"预算有限。"

珍妮特・德弗罗已无影无踪,珍妮特重新成为了chief inspector布恩,女总督察。她从容不迫地驱车回到城里,没有再多说一个字。她在博尔顿家的栅门前停下。

---

① 中译者注:原文为拉丁语post coïtum。

"去吧。"她对我说,"你会收到一份正式传唤。但也不必担心。"

我好不容易钻出汽车,沿着昏暗的甬道而上,没有慌张,也没有喜悦。房子阴森森的,窗户里透不出一丝光亮。

我走了进去。寒气,静寂与黑暗成了这里的主人。自从韦尔逃逸后,似乎没有人维护过锅炉或费心点亮壁灯。我在厨房里找到了纱丽和维尼思。鲍比懒洋洋地趴在我母亲脚边。

她们开了一个可怜巴巴的罐头,标签上有一头牛的肖像正作沉思状³。她们把它放在桌子中央的一个冷盘碟里,加上了几片苏打饼,静静地吃着。这不是一场表演。

纱丽仰起头,径直朝我走来。她两眼通红。我还没来得及开口她就扇了我一耳光,一定在我脸颊上烙下了红色的印记。堪比杰克·邓普西⁴的一击。

纱丽火冒三丈,离开了房间。

"我做了什么要遭此待遇?"我边说边揉着下巴。

维尼思冷冷地望着我。

"我们的韦尔在被警方通缉,你母亲像罪犯一样被审问,你父亲被关进了疯人院,而你,夜不归宿去跟那个吉卜赛婊子风流快活。用不着否认,你那个稀奇古怪的小朋友来过了。很明显,他要痛揍你一顿。"

一个天使,慢慢吞吞,从腌牛肉罐头上方经过①。一个长

---

① 中译者注:"一个天使经过"(un ange passe)指在谈话过程中,出现了一段较长时间的沉默。

着卡门眼睛的天使。纳西苏斯是哪根筋搭错才会冒出这样的念头？

"如果这家伙说什么你都信……如果他告诉你，二十年后，我们将在月球上行走，你也会信？话说他是什么时候来的？"

"中午过后。我刚从佛罗里达回来。接着韦尔就失踪了。连晚饭都没给我们准备。然后就是你的警察朋友。没有泡菜，真蠢。"

她操起一把刀，动作粗暴地往一片苏打饼上抹肉冻。

"维尼思……"

"给，吃掉。"她说着，把饼干递给我，那么地不耐烦，于是饼干碎了。

"维尼思……我必须要知道……你和韦尔……有多久了？"

她一下子炸了："你好大胆，竟来问我这种问题？不许你这样跟我说话！"

她猛地站起身，把椅子都掀翻了。我免不了得到了这个晚上的第二记耳光。她至少可以换一边脸的。维尼思生气的时候显得愈发美丽。愈美丽也愈危险。

她把我一个人丢在厨房，和鲍比一起，它没有被我的任何一记耳光吵醒。一条真正的看门狗。

一大堆模糊不清的想法涌来，我反复琢磨。我的大脑像电动甩干机一样转动。自昨晚以来发生了一箩筐的事情。始终没有纳西苏斯那边的任何消息，我对他非常不满。先是把我排除在调查之外，现在又胡说八道来煽起纱丽和维尼思对我的怒火，真是滑天下之大稽。

我来到电话机所在的门厅，在摸到开关之前撞上了乌漆墨黑的走廊的墙壁。纳西苏斯不可能无缘无故编造这样的故事。

我拨了石岸办公室的号码。响过十声，我愤怒地挂了电话。用力过猛，听筒滑了下来，像钟摆一样悬在虚空。不管怎样，电话的烦恼就是你不能一拳挥在对方脸上。

我看了看手表：纳西苏斯肯定离开办公室了。他住在一栋滑稽的赖特[5]风格的别墅里，到处是转角到处是落地大窗，我已有多年没有踏足。可今天是星期五，晚上八点，卡门会在炮制她那惊艳的辣椒威士忌，我十有八九能在她家给他来个措手不及。

雨已经停了。夜色渐浓，事物的轮廓被抹得难以辨认。我抓起一顶毡帽，披上件外套，跳进林肯，打着了火。

*
* *

在临客街和布莱克希客大道[6]拐角处的一所房子里，卡门·林朵租了一套一楼半的宽敞的两居室，离他们的办公室只有几个街区。每个城市都围绕着一个地点层层展开。但石岸市的商务区，清一色的商店和办公室，几乎没有住宅。她不但独用那一楼半的夹层，卡门所住的地段一到晚上便瞬时空空荡荡，跟宵禁时期一样。

我很熟悉这个地方：我们这一小撮赌徒最得意的庇护所。我曾在这里异想天开地诈唬，在一对七上扔下一捆捆的华盛顿[7]。

我按了门铃,等待。悄然无声。我转动把手。门没锁,我感觉不妙。

我向黑暗中迈出一步。

一团模糊不清的东西落在我身上,我失去了平衡。我们激烈地扭打起来。第一记,身手不错,被我成功格挡住;但这混蛋加了一倍力道,像块铸铁镇纸径直打在我耳朵上。而他鼻子上挨的那一记也是真材实料。与此同时,踢上一腿,抓住了他的一只脚爪。然后我坐在他身上,以一种古怪的方式扭绞他的脚。他似乎不太喜欢。

我们像两个原始人在黑暗中厮打。他用尽全力揍我。他终于转过身来,送我去擦地板;幸好我用左前臂缓冲了一下,而遭殃的是我的脚。我也是,懂得如何挣脱这种锁技。老天,真疼啊。一盏路灯的光突然照亮了他的眼睛。我立即认出了长长的少女的睫毛:

"纳西苏斯?!"

我一下子收住动作。纳西苏斯,他,并没有马上松开他的绞锁。

"妈的……弗兰克,你来这里捣什么乱?我带着武器呢,我完全可能给你来上一枪。"

"我是想要见你。我就猜到你会在这儿,但不像这样所有灯都关着,而且打死我也想不到你会朝我扑过来。卡门在哪里?"

"某个地方。你不必知道。"

纳西苏斯松开了手。我从这团乱麻里抽出身来,眼看着脑袋上起了一个包,就像吹起一个小气球。

"你怎么能相信我和卡门有一腿?"

"我当然知道你没有。尽管我也知道你是不会介意有的。"

"那你为什么要在韦尔和纱丽还有维尼思面前编这样的故事?"

"我设了个陷阱,都快被你搅黄了。快滚。"

"我明白了。你想收布鲁斯特父亲的钱,做英雄,是这样吧?成为'黑河施虐狂魔克星'。这对你的那些小生意大有好处,不是吗,大侦探先生?"

纳西苏斯抿紧嘴唇。

"快滚吧,弗兰克。"

唯一一件不能做的事情,我做了。我紧握的拳头,朝着他的下嘴唇撞去。我顿觉羞愧难当。纳西苏斯没有动弹一下。但他的眼睛注视着我,我也在他眼中看到了。不……我疯了。我们在眼中什么也看不到。我们什么也没看见。我试着让自己恢复理智。我绝望地试着。但纳西苏斯一声不吭,他注视着我,而我,我害怕了。一线血丝顺着他的下巴流淌下来。他刚要抬手擦掉它,却昏了过去。他的手依然抓着我的手腕不放,但手指已不再握紧。

我脱出身,缓过气来。外面,临客街上仅有的几盏路灯已经亮起。我把纳西苏斯死人一样的身体移到沙发后面,搜他身,在枪套里找到了他的史密斯威森,在衣服内袋里,一小盒子弹。我正要将子弹装进口袋,听到了一声响动,于是改变了主意。我把左轮手枪瞄准门口,准备扣动扳机。门的合页吱吱呀呀。我退到窗帘后面躲起。

有人走进，向房间里面迈了一步。身形瘦小。从袖子上的一团黑色墨渍，我想我认出了公爵去年冬天送给韦尔的旧华达呢。过道的灯在一件金属武器上掠过一道银光。华达呢无声无息地走向卡门的卧室。从我的藏身处，可以看到大床上躺着的身影。我还没来得及反应，就听见两声枪响。

轮到我向这混蛋开枪了，身体闷声倒下。在开一枪和吃一枪之间，我永远是宁可开一枪的。

第十六章

我冲向电源开关。光在我们周围亮起。我向床扑去,可当我掀开被单,只见一个折成S形的大长枕,被两发子弹击穿。我的心脏在胸膛里怦怦乱跳。我不敢再跨出一步。

我用脚划开凶手的左轮手枪。掉落出来的还有一把焊炬和一个红丝绒的小袋子。泛着珠光的小东西散落在地上。我以为是珍珠。我捡起一粒:一颗极细小的牙齿,尖尖的,近乎锋利。一颗动物的牙齿。不,一颗奶牙。

我慢慢回到那具躯体旁,用脚把它翻了个身。黝黑而黏稠的血在地板上漫开,在板条缝间流淌。

"主啊!"我说,"全能的主啊!"

是维尼思。

我怔怔地,望着,她毫无生气的躯体。她很美。对于一个凶手来讲,非常美。我精疲力竭,两眼似乎在眼眶里跳着舞。我感觉到大滴大滴的急汗正顺着皮肤往下淌,把衬衫粘在我紧绷的肌肉上。

"弗兰克……"

纳西苏斯在角落里动了一下,力图爬起来。

"听我解释,弗兰克。"

解释什么?我跨出两大步全身而退来到户外——如果能称之为全身,因为我感觉身上零零碎碎地少了些什么。在映着黄光的街面上,我在一条影子身旁奔跑着,每次我经过一杆路灯,它都会像秒针一样转动。远处,城市的喧嚣永远蠢动,不歇。我的四肢疼痛,脑袋里痛苦地回响着两个音符,敲击在一曲杰利·罗尔·莫顿[1]风格的摇摆乐的拍点上,一高,一低。

在一盏路灯惨白的光晕下,我认出了维尼思的凯迪拉克弗利特伍德[2]车身。方向盘前面,一个男人纹丝不动,在等待。我那只健全的手里,紧握着纳西苏斯的枪,紧到关节发白。左轮手枪里还有子弹。我灵光一闪,如果我相信文学,这便是赴死的最佳时刻。

我甚至没考虑躲闪就猛扑向那辆帝威特别款。司机一动不动。我抓到车门,猛地拽开。男人失去了平衡,倒在我身上。是韦尔。在浑浊的黄色光线里,他的衬衫被血染成了蓝色。子弹穿透了肺部。他望着我,两眼充盈着极度的痛苦。他的右手胡乱地摆动,含混不清地说:

"先生……先生……"

"怎么,韦尔?"

"维尼思……我拼尽全力阻止她……保护她……"他喃喃道,"没能……有时她不知道自己在做什么……那些疯狂的信,她写给您的信,给您,她的亲生儿子……没有寄出。我把记事本藏了起来,把信藏了起来……"

"怎么可能，为什么？"

"我爱她……必须要……必须要……"

"要什么，韦尔？"

"熨斗，先生……熨斗。必须把它拔……"

他没能说完。一股鲜血堵住了他的嘴，从他的唇间溢出来。他两眼凝滞了，整个生命从中褪尽。他的脑袋晃向右边又晃到左边。结束了。

我从腋下抓住他，把他从车里拖了出来，自己坐进方向盘前面黏糊糊的座位上。我将纳西苏斯的史密斯威森塞进口袋，发动车子，对变速器一顿蹂躏，不用十分钟，我就到家了。我骤然停下，汽车磕到了人行道上。一种可怕的焦虑让我愁肠百结。

大门口停着一辆汽车。两个家伙从车里出来，一个牛高马大，一个五短三粗，看来是一对会背着石磨上山的角色。他们在我穿过栅门前拦住了我：

"弗兰克·博尔顿？"

"怎么了？"

高个那位，嚼着口香糖，一脸满不在乎地望着我沾满血迹的衣服。

"梅乐西警探和泰勒警探，先生。您家着火了。消防员正在路上。布恩总督察也是。我们必须要求您往后退。"

一团如烛火摇曳的光照亮了公爵实验室的小窗。我毫不费力地推开那两个传令兵，冲向房子，差点在石砾上滑倒。鲍比跑来一顿乱吠。

门口弥漫着刺鼻的气味，似乎同时从四面八方涌来，令人窒息。有股使人头晕目眩的苯挥发的味道，看样子一油罐车的货全部排空在地毯上了。我在沦陷于黑暗的楼层间穿梭。我呼喊着纱丽，一次又一次。但无人回应。沉寂，比作战前的等待更压抑难忍。突然，汽油燃起，火焰沿着墙壁迅速窜开。我退到花园，直冲向实验室，魂不附体，两眼通红。

铺着地砖的更衣室里浓烟滚滚。闻起来就像那些做着噩梦的夜晚，混合着烤猪肉、硫黄和烧煳了的橡胶的味道。我转动门把手，没有当即意识到它有多么灼热。我仿佛打开了地狱之门。那两个条子靠拢过来，但仍保持着适当的距离。

在实验室中央，一大堆乱七八糟的可燃物里，被公爵的一时疯狂砸碎了的小药瓶、试管和容器中，我发现一具扭曲的身体，被牢牢地钳制在烈焰之中。它在其中一张陶瓷桌上燃烧着。一只脚上还穿着黑色的高跟凉鞋，一望而知：纱丽。不顾热浪和浓烟，我扑向她。但她烧焦的衣服黏附在血淋淋的皮肉之上。狗跟了过来。刹那间，一声响亮的"扑通"，火舌呼在了我脸上。我向门口退去，一根炽热的房梁砸在可怜的鲍比身上，它甚至还来不及吠出一声。火焰发出呼呼声，猖獗地噼啪作响。两名探员在命悬一线①时，将我拽了出去。

博尔顿家的房子在燃烧，熊熊烈火照亮了夜空。忽然，一道人影冲向车库。从远处看，就像一个身穿条纹上衣条纹裤子的苦役犯，然而不是，那是雨果，赤着脚穿着睡衣的雨果。当

---

① 中译者注：原文为拉丁语in extremis。

我试图救出纱丽时,他成功地开出了林肯,而此刻房子只剩下了火焰,他正奋力以同样的荒谬壮举来挽救水星,他的最爱。望着他再次投身火场,我被慑住了,一点动弹不得。他刚在方向盘后面坐下,水星爆炸了,向天空喷射出一束烈焰与火花。

接着一声巨响久久不息,仿佛百道飞瀑在汹涌咆哮。消防员绝不可能战胜这熔炉,我对此抱有一种病态的喜悦。我的理智已实实在在地有多远滚多远了。一些好奇者,已经陆续朝火场走来。

我咳嗽咳到胸膜脱落。

"弗兰克?"

有那么一刹那,一阵女孩的香气盖过了火场的味道。珍妮特。

"是你母亲,弗兰克。从一开始就是。洛丝先生清楚。他刚刚打电话给我。我知道在卡门家所发生的事情,我很遗憾。万分遗憾。"

珍妮特斟字酌句,用抚慰的语气同我说话。她是个好女孩,她想详细地向我解释,就像她会给躺在床上患猩红热的小家伙一根棒棒糖。原原本本地都在了:一位父亲的疾病与无能,一位妻子的心灰意冷,一位母亲的嫉妒之心,她夺人性命的癫狂发作。以及维尼思所有那些经不起例行检查的不在场证明,比如事实上她已有几星期没有踏足过"退伍军人圈"会议,或者她胡诌的佛罗里达之旅,给了她杀害玛拉的时间。最后,我的奶牙,我天真无邪的童年的舍利,这些年她一直保存着，并塞进了她的被害人嘴里。

"你明白吗，弗兰克？你母亲想将你占为己有。她给自己脑子里灌输了要除掉所谓情敌。她的疯狂也是战争创伤的一种表现，比截去一只手更险恶。"

珍妮特说呀说呀，滔滔不绝。房子在燃烧。我几乎什么也没听进去。对于我混乱的大脑这些都转得太快了。不管怎么样，一切都无关紧要了。我感觉非常疲倦。

罪犯的心理，真叫奇怪啊，我突然想到。你本以为自己会不断受到良心的谴责。但此时此刻，我所能想到的，就是这太可怕了，因为我不知道随之而来的会是什么。

马力强劲的消防车在一片地狱般的喧嚣中穿过街道，驶入一堆这会儿与火场同样耀眼的警灯之中。我瞥见纳西苏斯的克莱斯勒。卡门先从里面出来，杀手紧随其后，他肿胀的脸对我们干过那架还耿耿于怀。很显然，派对正如火如荼地进行着。

我站起身，像一个机械人偶朝栅门走去。一辆的士缓缓驶过，空车。我画了一个手势，它在我身旁刹住。

"该死的火。"司机做着怪相说，"那老疯子究竟还是烧掉了他的实验室还搭进了那整栋破房子！这是迟早的事。"

我打开车门，一屁股跌坐在座位里。透过车后窗，我看到房子终被火海吞噬了。我脑海里，燃烧中的庄园，化成焦炭的纱丽，长着细小裂齿的维尼思和她那双依然凝视我的空洞的大眼睛，韦尔躺在血泊中的躯体，同那五个被火焰喷射器烧死的中国人的画面混淆一起，难以分辨。还有马克，被日本人的高射炮打成肉泥的我的弟弟，艾伦、碧宝、维姬、玛拉以及所有其他的，所有那些给过我一点点温暖，所有我曾以为爱过的她们。

"开车。"我对的士说。

"去哪儿？"

"下个路口左转。"

男人照办，引擎突突作响。我翻了一下口袋，掏出两张一美元的钞票，我给了他。

"就这样。这里转。"

男人又照办，不置一词。他不爱跟人抬杠。他一定把我当作一个迷途的派对狂，玛格丽塔鸡尾酒喝得有点过了头。

"笔直走，快冲啊。"

我蓦然瞥见后视镜里自己的面孔。就是一个疯子的模样。我触到口袋里纳西苏斯的枪，便拔了出来。司机无疑注意到了我的动作，但他表现得若无其事。麻烦事，是你身为的士司机，没日没夜地开车而养成的习惯。很快我们来到了泊客巷，我让的士在红砖教堂前停下。

教堂正门关着。看来上帝只在办公时间工作。牧师住在店铺里间，他的门从不打烊。这些家伙，我一辈子都在憎恨他们，我躲避，我逃离他们。他们的把戏，我从未真正相信过。而此刻，我已六神无主。

空气中氤氲着发霉的尘埃和潮湿的微光。我穿过一间龌龊的厨房，一条长长的走廊，从备膳室附近的一扇门进入教堂。我大叫大嚷起来，好像我有意测试这个地方的音响质量。回响效果还不错。能成一个体面的俱乐部。格伦·米勒的乐队会让一群穿着短得离谱的裙子、白色内裤和漆皮鞋的漂亮小妞在这里跳舞。我又喊,这次声音更大了一些。我只差半步就真的要发飙的当口,牧师终于决定出现了。我认识他:可敬的伊卡博德[3]牧师,一个高高瘦瘦的家伙,秃头,有着詹姆斯·斯图尔特那种讨人厌的微笑,外加一嘴黄牙。每逢星期天维尼思拖着孩提时代的马克和我,正是他主持的礼拜。他穿着一件皱皱巴巴的旧睡衣,光着脚。他本该套上一双棉拖鞋的,因为地砖一定很冷,超级冷。

我给枪上了膛,对准他。他顿时站住,两手举向空中,尽其所能越高越好。然而也没能够到上帝。他的嘴就像兔嘴一样蠕动:"是你吗,弗兰克?博尔顿家的老大?你这是怎么了,我的孩子?你喝多了吗?"

他搞错也情有可原。我这副模样拖了我的后腿。诚然,为了一杯插着吸管的冰镇波本威士忌,我愿意付出任何代价。我继续用左轮手枪指着他的方向。

"我要您为维尼思祷告。"

我的声音颤抖到不能自已。他慢慢后退,在通往祭坛的石阶上踉踉跄跄。

"你在说什么呀,弗兰克?你亲爱的母亲出什么事了吗?"

我的头开始天旋地转,嘴里有股灰烬的味道。我反复咀嚼像纸板一样的舌头,终于有了足够的唾沫来开口说话。

"我需要听到它,这祷告。维尼思死了。"

"多令人悲伤啊……维尼思[4]?"牧师说。

"是的,死了。我杀了她。是我杀了她,您听到吗?祈祷吧，老天！"

我试着摆出一副虚张声势的狠样。在他鼻子底下不停地挥动我的武器。可敬的伊卡博德牧师继续后退，眼珠子瞪得像是一只被车头灯镇住的动物。他环顾四周，寻找生路。没有圣殿[5]庇护。

"上帝会帮你走出迷途。他会帮助你，弗兰克。"

"上帝才不在乎。"

"你失掉了你的信仰，弗兰克。你应该张开双手敞开心扉去到我主面前。他会原谅你的，到那时候。"

有把枪指着，他看来对自己所说的也不怎么确信。他只是想争取时间。保住老命。他跪倒在地，开始哀求。要让我把心放软就做梦去吧。我用全能的左手，一把抓住他的衣领，晃动他。他开始吟诵一篇不知所云的祷文。我更粗暴地紧紧揪住他。

"我的孩子！松手吧。"牧师哭鼻子了。

"这一切，天堂，地狱，全是空话，一派胡言。"

我的喊声在教堂墙壁间回荡。

"而你们心里很清楚，你们这些靠它混饭吃的家伙。就没有什么之后，什么都没有，不是吗？"

"您失去了理智！"这家伙结结巴巴起来，"我恳求您了，住手吧！"

"唯有死者的虚无，生者的悲伤。别无其他！说一遍！说出来，不然我就毙了您。"

两颗粗泪从我脸颊滚落。我们来到十字架下。他求和，抵抗，哀求[6]。他最终滚倒在我的鞋子上，发出凄惨的尖叫：

"对，这是真的，是真的！什么都没有！虚无！不要杀我！"

想想我们靠手里的武器所能获得的，那真叫疯狂。但我还是感到宽慰，一个神职人员甘心情愿地向我证实，我不必担心我灵魂的安宁，也不必替维尼思的灵魂担忧。永恒地安息。永远地长眠，这正是突然让我求之不得的大好前程[7]。毕竟，我是个口味简单的男孩[8]。

我放开了牧师，把枪口抵在我的太阳穴上，扣下扳机。

在劫难逃。

完

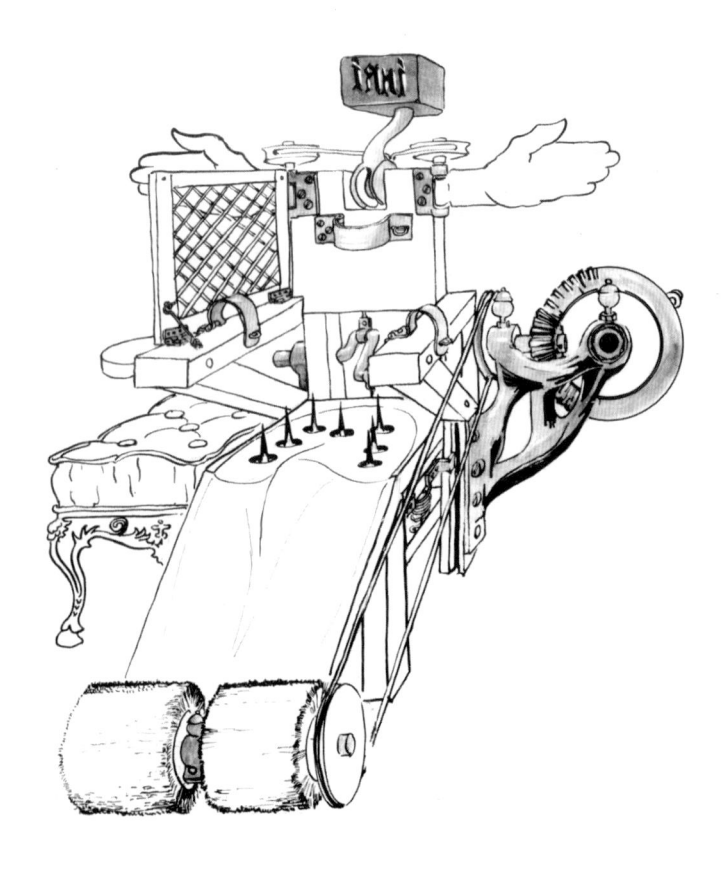

告解机（Machine à confesser）

尾 注

第一章

1. 妙上加妙的开场白：... Ellen Brewster... Ellen Brewster... Ellen Brewster...，这是一句字母 e 的单音文，同时也是一句亚历山大三步体。亚历山大"三步体"即一句诗有节奏地两次停顿为三小节。它被称为"浪漫的"，因其得益于以雨果为首的浪漫派诗人而广为流传。例如雨果《沉思集》中的"*J'ai disloqué / ce grand niais / d'alexandrin*（亚历山大体 / 这个大笨蛋 / 被我拆了架）"。艾伦·布鲁斯特，也是玛丽·埃莉诺·威尔金斯·弗里曼（Mary Eleanor Wilkins Freeman, 1852—1930）的小说《劳动份额》（*The Portion of Labor*, 1901）女主人公的名字。
2. 这一说法通常指上帝之手。参见《出埃及记》第十三章第三节："你们要纪念从埃及为奴之家出来的这日，因为耶和华用大能的手将你们从这地方领出来。"
3. 跟他的左撇子朋友吧，因为分神，维昂忘记这里涉及的是左手。
4. 《星期六晚间邮报》是一份美国周刊，其历史可追溯到十九世纪初。

5. 影射巴尔扎克的《金色眼睛的女孩》(*La Fille aux yeux d'or*)。
6. 正如鲍里斯·维昂原本所写的,"红色"而不是"黄色"蕨类。这是原始手稿中众多可勘正的纰缪之一。
7. Black River——黑河,是美国河流和城镇普遍使用的名字。其中包括:北卡罗来纳州哈内特县的 Black River、明尼苏达州彭宁顿县的 Black River、俄亥俄州洛兰县的 Black River。仅密苏里州就有三个。我们可以想象维昂将 Black River 置于美国南部,所有维尔侬·苏利万的故事都发生在那里。
8. 原文 Pick-up 不是指"带货箱或开放式载货区的"皮卡,而是指电唱机。
9. 维昂的疏忽。"接锋(fly-half)"是英式橄榄球中的司职名称。他想讲的应该是 halfback,美式足球的中卫。我们在后文仍保留这个词。
10. 发生在朝鲜战争初期(1950年夏),美军遭受了大规模的进攻,致使他们撤退至釜山附近洛东江一带,失去了汉城和几乎整个半岛。
11. 水银灯亦称汞灯,内部含有汞蒸气的电光源(HQL),由于其发光效率高,主要用于街道和工厂的照明。

第二章

1. 管家的名字 Vale(韦尔),拼写与拉丁语 Vale 一致,后者读 [vale],乃 Valet(家仆)的同音异义词。Vale 是古罗马人常用的一种问候语,意为"多保重"。

2. 应是借用纱丽·玛拉（Sally Mara）①，一位女作家的名字，有《纱丽·玛拉日记》（*Journal intime*）由天蝎出版社（Éditions du Scorpion）于1950年出版。

3. 不知何故，鲍里斯·维昂将马克在长崎牺牲设定在1946年。我们将其修正为1945年。

4. "嗨棒"——highball，一种烈性鸡尾酒，由威士忌混合苏打水再加入冰块而成，有直译为"高球"。（中译者注）

5. 纳西苏斯·洛丝——Narcissus Rose，取自 Narcissus Rosy of May（五月玫瑰水仙），一种双花冠的水仙品种。

6. 典自《圣经》，这里涉及的是《新约》中《路加福音》第15章11至32节"浪子回头"的比喻。

7. 弗兰克·辛纳屈（Frank Sinatra, 1915—1998），美国著名歌手、演员，奥斯卡奖得主，获得过11项格莱美奖。（中译者注）

8. 鲍里斯·维昂对汽车的兴趣与品位众所周知：他拥有过许多品牌的汽车，其中包括一辆 Austin Healey 和一辆 Morgan Plus 4；但最有名的要数他的 Brasier Torpédo 1911。之所以维昂会写《我要在你们的坟墓上吐痰》，也是因为，他说，需要钱并想买辆汽车。

第三章

1. 维昂用 cire（蜡）一词来指代唱片，在当时已是旧时的用法。

---

① 中译者注：纱丽·玛拉实际上是雷蒙·格诺（Raymond Queneau）虚构的一位作者。

2. 博尔顿家车库的多样性与等级：一辆凯迪拉克，通用汽车旗下的豪华车型，一辆水星，由福特自创生产，最后是一辆林肯，福特旗下的高端品牌，这辆是一款经精心养护的古董车型。
3. 想必是典出尤金·奥尼尔的剧作《悲悼》，此剧由达德利·尼柯尔斯（Dudley Nichols）于1947年改编成电影。
4. 鲍里斯·维昂已在一部小说中抨击过精神分析的问题。在《摘心器》里，也有一位患强迫症的母亲，而小说的幻想世界与我们这部相去甚远。况且在这里，是一位爱上自己儿子的母亲，并未遵循俄狄浦斯的经典模式。

第四章

1. 原文为"英格索兰"（Ingersoll-Rand），该公司设计的产品涵盖从工具到气动系统，其中还包括材料搬运装卸的解决方案。文中和"英格索兰"相提并论的，是多立克式，古希腊建筑中最早出现的一种柱式（公元前7世纪），如雅典卫城的帕提侬神庙采用的即是多立克柱式。为保留原文中的怪诞反差，译者选择了一个汉语读者熟悉的"老字号"，冀望万金油这种"百搭"的产品在这里也能起到理想的功效。（中译者注）
2. 贝蒂·哈顿（Betty Hutton，1921—2007），美国女演员、歌手。同时也是一种护发素的品牌。
3. 费舍尔博德（Fisher Body）是一家美国汽车车身制造商。由费舍尔兄弟于1908年在密歇根州底特律创立。于1919年被通用汽车收购，并在1926年成为其车身装配子公司。

4. 丹尼尔·布恩（Daniel Boone, 1734—1820），探险家、北美殖民的先驱：其功绩使他成为美国民俗文化中深受爱戴的英雄之一。与小说中的珍妮特·布恩没有任何血缘关系。
5. 乔治·赫曼·鲁斯（George Herman Ruth, 1895—1948），绰号"宝贝鲁斯"（Babe Ruth），又名"圣婴"（The Bambino）、"重击苏丹"（The Sultan of Swat），或就是简单的"宝贝"（The Babe）。美国职业棒球运动员。
6. 这里"怪人"——l'olibrius（奥利布里乌斯）一词，原为罗马帝国数位历史人物的名字。
7. 原文 Rodeo——牛仔竞技，即由放牧演变而来的一种竞技运动，以测试牛仔的技术和速度，同时也是一种表演。常用来命名以西部牛仔为主题的餐馆或酒吧，一如夜店。（中译者注）
8. 詹姆斯·汉密尔顿（James Hamilton, 1917—1994），美国爵士单簧管演奏家、次中音萨克斯管演奏家、编曲家。
9. 典出古罗马时期希腊作家普鲁塔克记载的一则著名逸事，讲述有位斯巴达少年，"偷了一只幼狐并把它藏于长袍之下，任凭这只动物用爪子和牙齿撕裂他的腹部都不吭一声，宁愿去死也不愿被人发现"。（《吕库古传》，XXVIII, 1）

第五章

1. 杰克·罗斯福·罗宾森（Jack Roosevelt Robinson），昵称杰基·罗宾森（Jackie Robinson, 1919—1972），美国职业棒球运动员，于1947年登上大联盟舞台，直至1956年退役。

2. 西岸摇摆舞（west coast swing）是一种双人共舞的摇摆舞蹈，特点是舞伴之间非常流畅而轻柔的舞步。
3. 迦密会（拉丁语：Ordo fratrum Beatæ Virginis Mariæ de monte Carmelo），天主教托钵修会之一，又译加尔默罗会，俗称圣衣会。十二世纪中叶，由意大利人贝尔托德（Bertold）创建于巴勒斯坦的迦密山。会规严格，包括守斋，苦行，缄口，与世隔绝。（中译者注）

第六章

1. 阿克莱特（Arkwright），英国工程师、工业家，以其发明的机器而闻名。

第七章

1. 汤米·休威尔（Tommy Sewell, 1906—1956），著名美国职业棒球运动员。阿拉巴马州塔斯卡卢萨县的一座体育场以其名字命名。
2. 保罗·莫里斯·吉斯兰在这里无意识地剽窃了乌力波成员乔治·佩雷克（Georges Perec, 1936—1982）发明的文体："美丽此在"（beau présent），即向某人献上一篇与之相呼应的文本，该文本仅由此人姓名中所含字母组成，且不限使用次数。以下就是吉斯兰用碧翠斯·德里斯科（Beatrice Driscoll）的所有字母创作的诗：

D'abord, le colibri se brosse les ailes. Il les lisse. Il brosse sa collerette. Il redresse sa crête.

Alors il bat des ailes et décolle. Ce bolide caracole, il dresse des traits et laisse des traces et des tresses : il balaie le ciel. Il cisèle le ciel. Il tricote le calicot. De l'œil, il essaie, il teste.

Il écarte la sotte bécasse et la caille débile, il ôte l'idiot roitelet et le circaète secrétaire, il écarte le casoar barbare et l'oie obèse. Il délaisse le torcol débile. Il déteste ces bêtes-là. Il déteste ce bestiaire. Il déteste cette colère-là.

Il écarte le cri des oiselets, de la crécelle de la caille, il délaisse le tirelis de la bécasse, il ôte la crécelle des loriots.

À l'aise, Blaise ! Le colibri bat les cartes, se décide et élit la crécerelle. Il déclare ses idées débridées à la crécerelle bariolée. La crécerelle ! Le cristal de la crécerelle ! Il tressaille ! La crécerelle, c'est elle ! Il l'élit, et la serre de ses ailes abricot et corail. Elle est l'idole adorée. Il l'idolâtre. Il la désire. La crécerelle est idéale. Elle est l'être idéal. Il est béat.

« D'accord ! » dit-elle.

Il est le soleil de ses désirs, il est l'astre de cobalt. Elle est sa cerise, la délicate cerise de ses claires idées.

Elle est sa belle étoile. Elle brille là-bas. Elle est l'actrice stellaire de ses récits.

Il s'attelle à la barcarolle : il l'écrit, la dédie à la crécerelle bariolée.

Elle rit, il rit. Il dit des bêtises. Elle rit de ses bêtises. Il récite des odes à l'oiselle.

Il l'assaille de lettres. Il reçoit d'elle des cartes.

L'accord est cordial. L'accord est solide. L'accord est établi. Tel est l'accord boréal.

Il lisse ses ocelles, il dorlote la crécerelle, il récolte ses baisers, des baisers de bec.

Le colibri est le carrosse de la crécerelle. Il la laisse éclore.

Il la détaille. L'œil de braise de ce colibri brille.

Il la bécote, la bécote de baisers, la caresse et la berce. Il reste à côté d'elle.

C'est la liesse. Il s'allie à elle et elle s'allie. Le colibri et la crécerelle.

La crécerelle crie de désir et le colibri râle.

C'est le délire.

Il la cabriole.

C'est le délice.

Elle est le C, il est sa cédille. ①

最初，蜂鸟梳理翅膀。抚平他的羽毛。他梳理项羽。竖起羽冠。

于是他扇动翅膀，飞起。这颗欢蹦乱跳的流星，他画出线条，留下影踪和交织的饰带：他横扫天空。他雕琢苍穹。他编织印花布。用眼睛，他试探，检验。

他赶走呆头呆脑的山鹬和傻乎乎的鹌鹑，他抛开白痴戴

---

① 中译者注：cédille 意为软音符，是加在某一子音字母下的一小勾，形为缩小的草写体 z，用作变音符号来改变其发音。最常见加上软音符的字母为 C，即成为 Ç。

菊莺和短趾雕秘书，他赶走蛮横的鹤鸵和肥胖的鹅。他抛弃傻呵呵的地啄木。他讨厌那些蠢货。他讨厌这部动物寓言。他讨厌这份怒气。

他把小鸟的叫声从鹌鹑的喋喋不休中筛除，他对山鹬的云雀之歌充耳不闻，他夺走金莺的呦呦不休。

举手之劳！蜂鸟洗牌，下定决心，首选红隼。他向浑身斑点的红隼表白他肆无忌惮的想法。红隼！红隼的水晶歌喉！他颤抖！红隼，就是她！他的不二之选，他用杏黄配珊瑚红的翅膀抱紧她。她是钟爱的偶像。他崇拜她。他渴望她。红隼完美无瑕。她是完美的存在。他心满意足。

"好的！"她说。

他是她欲望的太阳，他是钴之星。她是他的樱桃，他清晰想法的精致樱桃。

她是他美丽的星宿。她在那里闪耀。她是他众多故事里的大明星。

他潜心创作船歌：他写下，将它献给浑身斑点的红隼。

她笑了，他笑了。他说傻话。她取笑他的傻话。他为这雌鸟朗读颂歌。

他用一封封信向她发起猛攻。他收到她的卡片一张张。

相处很真诚。交往很稳固。约定达成。这就是北极的情投意合。

他呵护红隼，抚平她羽毛上的眼纹，收获她的吻，喙之吻。

蜂鸟是红隼的马车。他让她破茧而出。

他仔细打量她。这只蜂鸟火热的眼睛炯炯放光。

他细吻她，给她一串浅浅的吻，爱抚她，在怀中轻摇她。他守在她身旁。

　　是欢愉。他融入她，她也融入。蜂鸟与红隼。

　　红隼在欲望中尖叫，蜂鸟在呼呼喘气。

　　是迷狂。

　　他在她身上嬉戏。

　　是至妙。

　　她是C，他是她的小尾巴。①

3. 贝西伯爵（Count Basie, 1904—1984），美国爵士乐音乐家、作曲家、乐队领队。这里提及的两首作品分别为 *Futile Frustration* 和 *The Mad Boogie*。（中译者注）

4. 指歌舞影片《绿野仙踪》中的女主人公，由维克多·弗莱明（Victor Fleming）于1939年改编自李曼·弗兰克·鲍姆（Lyman Frank Baum）的同名小说。

5. 爱丽丝·斯坦因（Alice Stein）和稍前的格翠乌德·托克拉斯（Gertrude Toklas）影射美国著名作家格翠乌德·斯坦因和她的同性伴侣爱丽丝·托克拉斯。（中译者注）

6. 希腊神话中，希拉曾是一位仙女，被女神瑟西变成海怪，出没在墨西拿海峡；夏莉狄，海王波塞冬与大地女神盖亚之女，因一次偷窃恶行被宙斯化作墨西拿海峡的旋涡状海怪，吞噬

---

① 中译者注：此篇"美丽此在"是以字母为基础的文字游戏，很难在汉语里找到类似的可以贯穿全文的规则。译者才疏，只得将其粗略直译，"美丽"不在。

路经的一切。两者经常被联系在一起，比如习语"tomber de Charybde en Scylla"，直译"从夏莉狄之口落入希拉之手"，转义"越来越糟"，"屋漏偏逢连夜雨"。（中译者注）
7. VW也是大众汽车Volkswagen的缩写。而甲壳虫是大众汽车在1938至2003年间生产的一款小型轿车。（中译者注）
8. 色情专栏：les rubriques lubriques，一个近音词的例子。效仿蒙田的："Je m'instruis mieux par fuite que par suite"（遁世而非媚世令我笃学不倦），我们会在本书中随处看到这样的句子或词组，使用了仅一字母之差的单词。

第八章

1.《田纳西华尔兹》的歌词讲述的是友情与背叛。

> *I was dancing with my darling to the Tennessee Waltz*
> *When an old friend I happened to see*
> *I introduced her to my loved one*
> *And while they were dancing*
> *My friend stole my sweetheart from me*
> *I remember the night and the Tennessee Waltz*
> *Now I know just how much I have lost*
> *Yes, I lost my little darling*
> *The night they were playing*
> *The beautiful Tennessee Waltz*

> 当我和心上人跳着一支田纳西华尔兹
>
> 我恰巧碰见一位旧友
>
> 我将她介绍给我的爱人
>
> 可当他们共舞时
>
> 我的朋友将我的甜心偷走
>
> 我还记得那一夜和田纳西华尔兹
>
> 如今我才知失去有几多
>
> 是的,我失去了我的小宝贝
>
> 在那夜他们正演奏着一支
>
> 美妙的田纳西华尔兹

2. 帕蒂·佩奇(Patti Page, 1927—2013),真名为克拉拉·安·福勒(Clara Ann Fowler),1950年代红极一时的美国女歌手。

3. 语出维昂。《可怜可怜约翰·韦恩吧》[①](*Pitié pour John Wayne*)为一篇文章的标题,出自《杂文集》(《鲍里斯·维昂小说全集》,"七星文库"卷二,1001页)。起初,本章通篇采用了集句体,仅由维昂的杂文或小说中的片段组成,并附加了一条规则:相邻的两句不得出自同一文本。

---

① 中译者注:约翰·韦恩(1907—1979),美国电影演员,以其极具男子气概的演艺而举世闻名。尽管约翰·韦恩未曾从军,他仍成为美军普遍崇仰的对象。他的名字与一些军用品联系在一起,例如军用P-38开罐器昵称为"约翰·韦恩",因为它"可以做任何事";军用的卫生纸被叫作"约翰·韦恩卫生纸",因为它很"粗糙、结实、擦不干净";第二次大战时期军用的C-口粮饼干,被取名为"约翰·韦恩饼干",因为"只有像约翰·韦恩那么粗犷强壮的人,才吃得下"。

好啦，战争来了，你们想要怎样……（《将军们的小点心》，袖珍书，1176页①）我们终于要开始生活了！……（法雅，卷十，585页）我完全是东风吹马耳。（《爵士乐》，法雅，卷六，78页）对于缺乏想象力的人，需要来场真正的战争。（《杂文集》，"七星文库"，卷二，1014页）我们有的是钱，我们要为真正的野蛮人买单。（《供中年人翻阅的童话》，"七星文库"，卷一，27页）战斗！屠杀！战争！步兵！砰！砰！（《将军们的小点心》，袖珍书，1164页）啊！……可那又如何！……每次战争，同样的可悲现象周而复始：我们招募大批的业余选手。（《杂文集》，"七星文库"，卷二，1180页）说到底，我一直想弄明白在我身上到底发生了什么。（《我要在你们的坟墓上吐痰》，"七星文库"，卷一，263页）感谢上帝，军火贩子们是不会让我们失望的。（《杂文集》，"七星文库"，卷二，1021页）如您所知，我在责任面前没有打退堂鼓的习惯，我清楚自己欠国家什么。（《杂文集》，"七星文库"，卷二，1174页）其中一些战斗故事和"大场面"②以及当代文学、电影中的业界战斗机有着相同的缺陷，它们本质上是政治宣传而非艺术，只有当为了调和它们，人们才得以在书中读到，尤其是银幕上看到，来自朝鲜或第二次世界大战的未经剪辑、未被篡改

---

① 中译者注：本段集句体的内容有三处来源：《鲍里斯·维昂小说全集》，共二卷，"七星文库"；《鲍里斯·维昂全集》，共十五卷，法雅出版社；《鲍里斯·维昂：小说、短篇及杂文》，袖珍书出版社。为方便起见，现将每句的出典直接标注在文中。

② 中译者注：影射"二战"时期"自由法国"头号王牌飞行员皮埃尔·克洛斯特曼（Pierre Clostermann）的回忆录《大场面》（*Le Grand Cirque*, 1948），是1950年代最受欢迎的青少年读物之一。

的新闻片，用难以名状的恐怖使人们感到厌恶，这将是唯一有效的办法。(《杂文集》，"七星文库"，卷二，1007页) 我没有什么需要自责的。(《剧本1949—1959》，"七星文库"，卷二，735页) 可怜可怜约翰·韦恩吧。(《杂文集》，"七星文库"，卷二，1001页) 在最后顺稿时，炫技练习注定要让位于对叙事的渴望。

4. 《有时我觉得自己像个没有母亲的孩子》(*Sometimes I feel like a motherless child*) 是一首黑人灵歌，创作于奴隶制废除之前。这首歌经由众多艺术家演绎，其中包括保罗·罗伯逊 (Paul Robeson) 和路易斯·阿姆斯特朗 (Louis Armstrong)。

> *Sometimes I feel like a motherless child* (bis).
> *A long way from home, a long way from home*
> *Sometimes I feel like I'm almost done* (ter).
> *And a long, long way from home, a long way from home*
> *True believer* (bis)
> *A long, long way from home* (bis)
> 有时我觉得自己像个没有母亲的孩子（两遍）
> 离家千里，离家千里
> 有时我觉得自己即将脱离苦海（三遍）
> 离家千里更千里，离家千万里
> 虔诚的信徒（两遍）
> 离家千里更千里（两遍）

5. 比尔·科尔曼 (Bill Coleman, 1904—1981)，美国黑人音乐家。

第九章

1. 佩里·科莫（Perry Como, 1912—2001），美国演员、歌手、电视主持人。以下是文中提及的歌曲的歌词：

   > *Some enchanted evening you may see a stranger*
   > *You may see a stranger across a crowded room*
   > *And somehow you know, you know even then*
   > *That somewhere you'll see her again and again*
   > *Some enchanted evening, someone may be laughing*
   > *You may hear her laughing across a crowded room*
   > *And night after night, as strange as it seems*
   > *The sound of her laughter will sing in your dreams*
   > *Who can explain it, who can tell you why*
   > *Fools give you reasons, wise men never try*
   > *Some enchanted evening, when you find your true love*
   > *When you feel her call you across a crowded room*
   > *Then fly to her side and make her your own*
   > *Or all through your life you may dream all alone*
   > *Once you have found her, never let her go*
   > *Once you have found her, never let her go*
   > 在某个醉人的夜晚，你也许会见到一位陌生人
   > 你也许会见到一位陌生人，远在拥挤的房间尽头

> 不知为何你已明白，但那一瞬你已明白
>
> 你将在某处与她一次又一次地重逢
>
> 在某个醉人的夜晚，有人也许在开怀大笑
>
> 你也许会听见她的笑声越过攒动的人头
>
> 夜复一夜，看似难以置信
>
> 她的笑声会在你的梦中唱吟
>
> 谁能来解释，谁能告诉你缘由
>
> 傻瓜来给你讲道理，智者三缄其口
>
> 在某个醉人的夜晚，当你找到你的真爱
>
> 当你感到她的呼唤来自房间人海的另一头
>
> 赶快飞到她的身边将她占为己有
>
> 不然终极一生，你将在梦中独守
>
> 一旦你找到她，就永不分离
>
> 一旦你找到她，就生死相依

2. 《明星的阶梯》（*Stairway for a Star*），由杰克·瑞格（Jack Rieger）于1947年导演的影片。

3. 一个基督教内容再一次出现在弗兰克的脑海，《圣母颂》（*Ave Maria*）是献给耶稣基督之母玛利亚的祈祷文，主要是天主教徒的修行内容。不知珍妮特可能会唱哪首《圣母颂》。她的选择有莫扎特、巴赫、舒伯特或古诺。

第十章

1. 本章最初是一个留有若干"空(kòng)"的版本,由乌力波去一一填上:需要补充信息的简单空(于是狗有了"鲍比"这个名字);给类比设置的空("就像一个灯塔守灯人囚困在自己的光线之中");最后,以"展示/讲述"(show/tell)原则而设立的空,在这里,情感不是被说出来而是被表现出来的("让人反感"变成"让我得了肝溃疡")。
2. 增你智(Zenith)公司创立于1918年。生产收音机和电视机,以其经久不衰的推陈出新而备受青睐。正是他们研发了第一台电视遥控器。
3. 迪恩·马丁(Dean Martin, 1917—1995),美国歌手、演员、笑星、电影制片人。二十世纪中期最受欢迎的美国艺人之一,有"酷王"之名。(中译者注)

第十一章

1. 达阵(touchdown)是美式和加拿大式橄榄球中主要的得分方式。当一方球员带球进入对方达阵区或者在达阵区接住传来的球,即为达阵成功。

第十二章

1. 雷蒙·格诺在《地铁里的扎姬》中提到了这家著名的香水制造商：扎姬的舅舅加布里埃尔，用的是"斐奥家的'须情假绎'①"。这部小说于1959年出版时，迪奥的Eau fraîche香水已问世四年。这是一款西普调的男女皆宜的中性香水，含有柑橘香味，符合《扎姬》中加布里埃尔的气质，以及这里的纳西苏斯。
2. 帝国（Imperial）是克莱斯勒于1926年推出的顶级车型。（中译者注）

第十三章

1. 语出小乔治·S·巴顿将军（George S. Patton Jr, 1885—1945），是他在德国逝世前不久说的话，当时他的凯迪拉克75型汽车与一辆美军军用卡车相撞，事故造成的并发症在十二天后夺走了他的生命。
2. 两本书均由企鹅出版社于1940年代末出版。
3. 这里的英语"谚语"由法文"Trop poli pour être honnête"（脸

---

① 中译者注：格诺用Barbouze（俚语：胡须）一词命名斐奥出品的这款香水，有多重调侃之意，最主要的是Barbouze指代阿尔及利亚战争时期起用的半公开的、形象地描述为"用假胡须乔装"的间谍密探。在此，译者尝试意译为"须情假绎"。

上笑嘻嘻，不是好东西）而造。在我们小说的"法语版"里为：Trop polish pour être honnête。（中译者注）
4. 伊尔斯·科赫（Ilse Koch, 1906—1967），原名玛格丽特·伊尔斯·科勒（Margarete Ilse Köhler）。她也被称为"布痕瓦尔德的婊子"。

第十四章

1. 语出加斯东·勒胡（Gaston Leroux）的《黄色房间之谜》（*Mystère de la chambre jaune*）中的名句："长老会分毫没有失去它的魅力，花园的光彩也一丝未减。"这句话本身借自乔治·桑的一篇书信体小说，这些虚构的写给某少女的信札最初于1837年陆续发表在《世界报》上，后于1843年收录在贝浩丹出版社（Perrotin）出版的《乔治·桑作品全集之拾零集》："长老会分毫没有失去它的明洁，花园的光彩也一丝未减。"第二次世界大战期间，伦敦广播电台（Radio-Londres）使用此句来通知盟军于1943年7月入侵西西里岛，此次行动的指挥官正是本书题献的奥马尔·布拉德莱将军。
2. 原文用了两个以in开头的短语，一个意大利语短语：in petto，意为"在心里，秘密地"，另一个拉丁语短语：in fine，意为"最终，末尾"。在句中造成格不相入之感。（中译者注）

第十五章

1. 影射出演过一系列著名影片的传奇舞蹈组合珍洁·罗杰斯（Ginger Rogers）和弗雷德·阿斯泰尔（Fred Astaire）。
2. 福特豪华车型（De Luxe Ford）于1938年推出，作为标准车型与高档豪华的林肯产品线之间的折中款。
3. 故而这里涉及的是一罐粗盐腌牛肉。在第二次世界大战期间，粗盐腌牛肉发挥了不可小视的作用。它是美军单兵战地口粮"K-口粮"的一部分。雷蒙·格诺在《一百万亿首诗》（*Cent mille milliards de poèmes*）中向其致敬道："腌牛肉罐头熏臭了储物间。"（Le cornédbîf en boîte empeste la remise.）
4. 杰克·邓普西（Jack Dempsey, 1895—1983），美国著名拳击手，发明了一种以他的名字命名的技术动作：Dempsey roll（邓普西轮摆）。
5. 弗兰克·劳埃德·赖特（Frank Lloyd Wright, 1867—1959）被包括美国建筑师协会（AIA）在内的一些人士认为是有史以来最伟大的美国建筑师。
6. Link Street 和 Blackshick Avenue，影射了两个鲍里斯·维昂用来发表爵士作品的笔名：Otto Link 和 Andy Blackshick。（中译者注）
7. 一美元纸币，上面印有乔治·华盛顿的头像。

第十六章

1. 杰利·罗尔·莫顿（Jelly Roll Morton, 1890—1941）是一位非裔美国爵士钢琴家及歌手。
2. "弗利特伍德"（Fleetwood）这一名称用于凯迪拉克最豪华的车型。
3. 影射伊卡博德·克瑞恩（Ichabod Crane），十九世纪美国著名作家华盛顿·欧文（Washington Irving）的短篇小说《沉睡谷传奇》（*The Legend of Sleepy Hollow*, 1820）中的男主人公。（中译者注）
4. 借用著名法裔亚美尼亚籍作家、作曲家及歌手夏乐·阿兹纳伍尔（Charles Aznavour, 1924—2018）的歌曲《多令人悲伤啊威尼斯》（*Que c'est triste Venise*, 1964）。（中译者注）歌词如下：

> *Que c'est triste Venise au temps des amours mortes*
> *Que c'est triste Venise quand on ne s'aime plus*
> *On cherche encore des mots, mais l'ennui les emporte*
> *On voudrait bien pleurer, mais on ne le peut plus*
> *Que c'est triste Venise lorsque les barcarolles*
> *Ne viennent souligner que les silences creux*
> *Et que le cœur se serre en voyant les gondoles*
> *Abriter le bonheur des couples amoureux*
> *Que c'est triste Venise au temps des amours mortes*

Que c'est triste Venise quand on ne s'aime plus
Les musées, les églises ouvrent en vain leurs portes
Inutile beauté devant nos yeux déçus
Que c'est triste Venise, le soir sur la lagune
Quand on cherche une main que l'on ne vous tend pas
Et que l'on ironise devant le clair de lune
Pour tenter d'oublier ce qu'on ne se dit pas
Adieu tous les pigeons qui nous ont fait escorte
Adieu Pont des Soupirs, adieu rêves perdus
C'est trop triste Venise au temps des amours mortes
C'est trop triste Venise quand on ne s'aime plus

多令人悲伤啊，威尼斯，在爱已逝去的日子
多令人悲伤啊，威尼斯，当我们已成路人
我们还在搜索枯肠，可烦恼不留一词
我们真想痛哭，但脸上再难有泪痕
多令人悲伤啊，威尼斯，当首首船歌
只为衬托一个个深不见底的沉默
当贡多拉在眼前划过，心就沉了
那是热恋的情人幸福的庇护所
多令人悲伤啊，威尼斯，在爱已逝去的日子
多令人悲伤啊，威尼斯，当我们已成路人
博物馆、教堂徒劳将大门开启
无用的美映在我们失望的眼神
多令人悲伤啊，威尼斯，潟湖上的夜晚

> 当我们寻觅一只没有向自己伸出的手
> 而我们在月色前挖苦调侃
> 为了忘却彼此从未开口说出的话
> 别了，所有为我们送行的鸽子
> 别了，叹息桥，别了，碎了的梦
> 悲伤欲绝，威尼斯，在爱已逝去的日子
> 悲伤欲绝，威尼斯，当我们已成路人

5. 马尔罗（Malraux）在给福克纳《圣殿》的序言中写到，这部小说"是乱入于侦探小说的希腊悲剧"。希腊悲剧的阿南刻（Anankè，"天命、定数"）在《流年飞沫》《红草》《摘心器》及维昂其他小说中皆有迹可循。但在这里，由于在朝鲜犯下的杀戮（某种原罪），在宿命之上还加入了负罪感（宗教意义上的罪？）。

6. 有意为之？此句（Il négocie, résiste, implore.）单词的首字母组成了 I,N,R,I 的序列，这是拉丁语短语 Iesus Nazarenus Rex Iudaeorum（耶稣，拿撒勒人，犹太人的王）的缩写，据信罗马帝国当局将其铭刻在耶稣的十字架上。英语原文为：Ichabod negotiated, resisted, implored.

7. 记忆来自《哈姆雷特》独白中的一句："'tis a consummation devoutly to be wished"（那正是求之不得的圆满结局啊），第三幕，第一场。

8. 语出丘吉尔名言"我是个口味简单的男人，来点最好的就很容易满足（I am a man of simple tastes, I am easily satisfied with the best）"。而其本身则借自王尔德的"我的口味其实最简单，只消最好的就知足了"（I have the simplest tastes, I am always satisfied with the best）。（中译者注）

鲍里斯·维昂与乌力波

如果乌力波在六十年前，而不是2020年，受邀续写维昂未完成的小说，那么毫无疑问，第一代"乌力波人"雷蒙·格诺（Raymond Queneau）、雅克·本斯（Jacques Bens）、诺埃乐·阿尔诺（Noël Arnaud）、雅克·杜夏托（Jacques Duchateau）及保罗·布拉福尔（Paul Braffort），会全力以赴完成这项使命。

　　这五位作者中的每一位，都以不同的方式——或社交，或出版，或评论，与正所谓"其人其作品"有过交集。

　　是雷蒙·格诺为《摘心器》作序："鲍里斯·维昂创作了优美的文字，离奇而悲情，《岁月的泡沫》，当代爱情小说中最哀婉动人的一部；《蚂蚁》，描写战争的最具洞彻力的短篇；《北京之秋》，一部艰涩而鲜为人知的作品，但远不止如此[①]（……）。"

　　是雅克·本斯为《岁月的泡沫》书跋："我们将认识到，鲍里斯·维昂的世界完全是建立在语言之上的，换言之，它生

---

① 《摘心器》（*L'Arrache-Cœur*），伍赫叶出版社（Vrille），1953年。

于语言，并在其中随处获得印证①。"

是诺埃乐·阿尔诺在孜孜不倦地探索维昂多姿多彩的生活与事业：小说家、翻译家、音乐家、演讲人、诗人、啪嗒学家、歌手，如此等等②。

是雅克·杜夏托在1969年，正当维昂的传奇初见雏形，竭力消除他短暂而饱受争议的一生和对其小说的阐释之间所产生的误会。也正是他，为这位明珠暗投心灰意冷，于1953年弃笔的天纵奇才，恢复了作家之名③。

是保罗·布拉福尔回忆道："早在五十年代，鲍里斯·维昂和我已经拟出了'色彩钢琴'的草图（当时我们并不晓得亚历山大·斯科里亚宾已有此想法，甚至创作出了交响曲《普罗米修斯》）④。"

最后，是马克·拉庞（Marc Lapprand）用这样的话作为"七星文库"《鲍里斯·维昂小说全集》序文的结语："毫无疑问，如若维昂能向天再借寿数，他将作为创始人之一，在他选定的家庭中，成为乌力波最狂热的组织者之一。"⑤

---

① 《岁月的泡沫》（*L'écume des jours*），10／18出版社，1963年。
② 《鲍里斯·维昂的平行人生》（*Les Vies parallèles de Boris Vian*），10／18出版社，1976年。
③ 《鲍里斯·维昂或命运的玩笑》（*Boris Vian ou les facéties du destin*），圆桌出版社（La Table ronde），1969年，1982年再版。
④ 《科学与文学》（*Science et littérature*），狄德罗出版社（Diderot），1998年。
⑤ 《鲍里斯·维昂小说全集》，"七星文库"（La Pléiade），2018年。

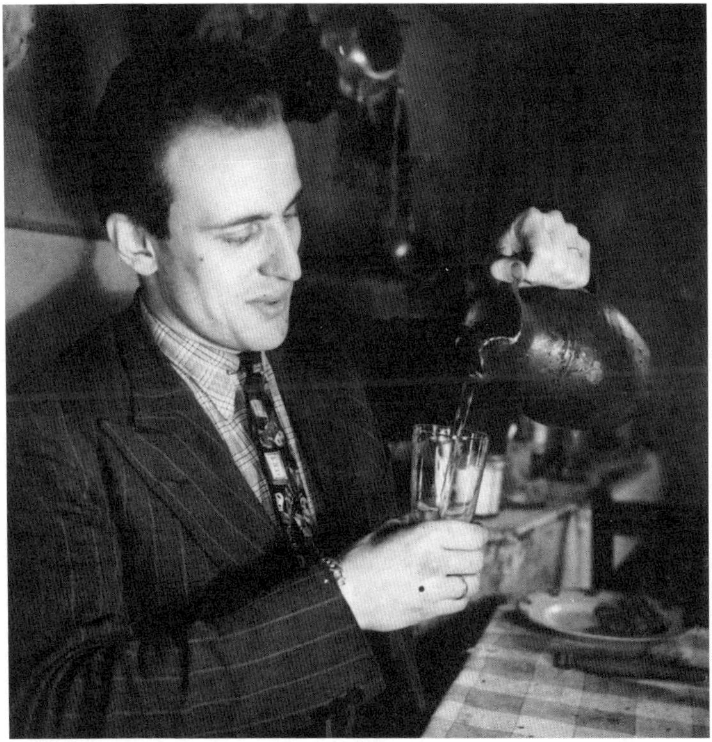

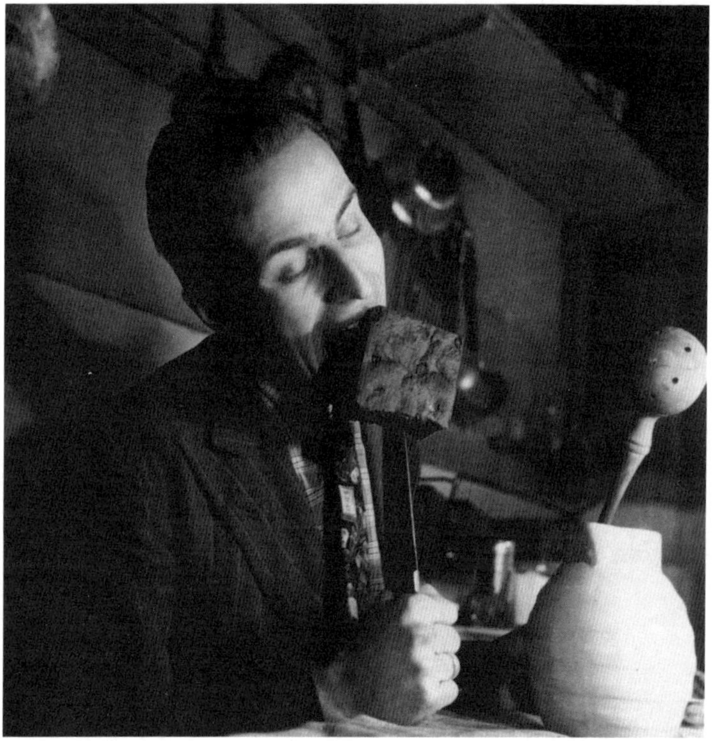

幕 后

真好笑，当我写笑话时看起来很真诚，当我真当回事写起来，人家以为我在开玩笑。

——鲍里斯·维昂

读者提示：有剧透（正如我们魁北克的朋友所说，"前方高能"）。

是否需要钥匙来开启本书？我们希望答案是"不"。然而，提供一份"幕后花絮"在我们看来也不无裨益：再一次，在劫难逃。

当妮可·贝尔朵特出于友谊，以共同遗产管理人之名，将鲍里斯·维昂的手稿和故事大纲交付到我们手中，我们决定笃守其中内容。这就是为什么我们保留了第一人称的叙事视角。"我"在这里使用起来并不总是游刃有余的：叙述者被动的遭遇要多于他主动引发的情节。就这么着吧：我们一直沿用到小说结尾，在那里，我们因此发现这是一部来自九泉之下的自白。

我们少了一些不可或缺的次要人物：被害者，嫌疑人，警察。没有太过纠结，我们添加了这些角色，而他们，从维姬到珍妮特，变得并非那么次要了。

维昂的一些细微的含混之处也有必要加以纠正——纱丽的年龄，历史上的日期，错误的美式足球术语等——对"野牛[①]"没有加以说明的某些地方解释其来龙去脉：为什么纳西苏斯的绰号是"杀手"？为什么他要把卡门推入弗兰克的怀抱？挫折情结是如何让母亲发了疯？

小说的开头设定在1950年12月15日，那天鲍里斯写信给他妻子米歇尔，说他有了一部"主题如此之好"的小说灵感。确定地理位置后，我们发明了一些与维昂的章节风格一致的地名：城镇与河流，街道与街区。我们引入了些四十年代末的东鳞西爪：政治、军事、体育方面的时事，汽车，服装，电影，小说，电台节目以及最早期的电视节目。音乐方面，爵士乐贯穿全书，至少是一有机会就不错过。

既然我们手中几乎就是一部苏利万[②]作品，就有暴力和打

[①] 中译者注：野牛——Bison，维昂打乱他姓名中的字母创造出的一个化名：Bison Ravi。

[②] 维昂曾用维尔侬·苏利万这一笔名，写了四部侦探小说，皆由天蝎出版社出版：《我要在你们的坟墓上吐痰》(*J'irai cracher sur vos tombes*,1946)，《死人的皮囊都一样》(*Les morts ont tous la même peau*, 1947)，《我们终会干掉所有丑八怪》(*Et on tuera tous les affreux*, 1948)，《她们没意识到》(*Elles se rendent pas compte*, 1950)。本书是为伽利玛出版社（Gallimard）的"黑色系列"（Série noire）而作。

斗。免不了还有性。它无处不在，我们小心地绕过当时的审查制度。

种族和同性恋问题只在背景中带过，即使保留了"兔子""屁精"这样的词。至于怀旧的大男子主义，大家要怪就怪本书的乌力波创作组的女性成员，她不仅对此姑息，还常常怂恿。

我们模仿维昂，热衷于笔调的游戏，抒情、插科打诨和苏利万式的比喻轮番上阵："像冰箱一样密不透风，只是没那么冷"，"嗓音刺耳得像是一把粗齿锉"。要晓得我们面前是雷蒙德·钱德勒和彼得·切尼的译者。

时不时地，我们毫不客气地借用维昂和其他人。有时使上偷窃癖的行径——从德胥·科斯托拉尼匠心独具的短篇《患偷窃癖的译者》中汲取灵感，于是，爱伦·坡的"千道飞瀑"变成了"百道飞瀑"①。

既然我们谈到了乌力波的创作手法，那就来提及一二。学徒诗人兼嫌疑人保罗·莫里斯·吉斯兰，仅用碧翠斯·德里斯科姓名中出现过的字母，为她创作了一首"美丽此在"诗。有一章原本是通篇完美的集句体，由维昂作品中的句子构建而成。另一章则充满了没有参与文本整体写作的乌力波成员所提供的句子。起初，这些中间步骤极大程度地滋养了叙事。接着，在最后的集体作业中，为了更好的情节结构——但愿如此——与

---

① 中译者注：指第十六章中"接着一声巨响久久不息，仿佛百道飞瀑在汹涌咆哮"。此句"窃自"爱伦·坡的《厄舍府之倒塌》(*The Fall of the House of Usher*, 1839)："there was a long tumultuous shouting sound like the voice of a thousand waters."

整体的统一，它们经历了大刀阔斧的顺稿。

最后一点但并非最不值一提，内行的读者会在这儿或那儿找到一些对鲍里斯·维昂的书名或歌曲片段的精妙（和不那么精妙）的援引。

鲍里斯·维昂的故事大纲

读者提示：这里也有剧透

黑色系列小说

一个年轻的家伙，当发现自己爱过的姑娘一个接一个[①]地殒命刺客之手，便展开了追踪调查。他每次都来得太晚，但最终发现凶手竟是自己母亲，是她，在他少年时的日记里找到了那些姑娘的名字。他只是在最后才想起来，水落石出之时他意识到日记不见了。

一开始，在回乡的火车上，他以为听到了第一个（她的）的名字——沉浸在一场白日梦中而没有买报纸[②]。(并发现报贩叫喊的头条新闻里真的有她的名字)。音讯全无。从（为他的父亲扫墓）医院回来，在朝鲜受了伤。去找他的侦探朋友。是他在负责调查此案。在那儿，他看到了报纸，意识到（页面撕坏）艾伦·布鲁斯特。

[①] 乌力波注：一个接一个，但不是按顺序进行。我们将在纳西苏斯口中得知碧翠斯·德里斯科，弗兰克生命中的第二个女人，在几个月前已经被害。

[②] 乌力波注：我们遵循正文文本而非故事大纲。因为维昂在第一章就揭示了艾伦·布鲁斯特的死讯，而不是在第四章的纳西苏斯办公室里。

就是这样。愤怒。决定助他朋友一臂之力。这位也应允了。渐渐地,朋友似乎越来越排斥他。是他①将知道是母亲。当她前来刺杀时,最终同他扭打起来。他的朋友昏了过去,他躲了起来。他看到她瞄准。而正是她,他杀死她后认出了她。他滑脚溜走——半疯半痴——找到一个牧师,命令他为母亲祈祷。在放走他之前,在左轮手枪的威胁下,他要牧师说出他不相信人死之后会发生什么。因为他不愿与她重聚。于是他自杀了——像他杀死的那个中国人②一样。在劫难逃。

母亲在他的单身公寓里找到了日记(为她儿子的归来整理房间时)——这在最后解释③。

母亲:变成了这个样子④,归因于挫折情结——无能的丈夫,成天神游物外。化学(金钱)他唯一的嗜好——(这是一种逃避的<u>渴望</u>——因为他病了才让我们注意到这点。)

所有死者的嘴和生殖器被灼烧。

几乎做了(原文撕去)……纳西苏斯让人把父亲关入医

---

① 乌力波注:在这里,代词上的歧义出现了,且一直延续到后文。谁是这个"知道是母亲"的"他"呢?在我们看来,这个"他"是纳西苏斯,稍后的句子"而正是她,他杀死她后认出了她"则没有悬念:后者是弗兰克,他只在开枪后才意识到,纳西苏斯早就猜到了。因此,我们必须这样理解:"是纳西苏斯将知道是母亲。当她前来刺杀时,弗兰克最终同纳西苏斯扭打起来——他的朋友昏了过去,弗兰克躲了起来。他看到她瞄准。而正是她,弗兰克杀死她后认出了她。"
② 乌力波注:五个中国人。
③ 乌力波注:这里,日记不是在结尾处被发现的,而是在最后的几章里。
④ 乌力波注:这个样子,换言之"疯狂"。

院①，并……保存。

担心纱丽的生命安全，纳西苏斯将把卡门塞进弗兰克的怀里，为了让纱丽离开②。

---

① 乌力波注：在我们的版本里，是纳西苏斯受警方之命，将发了疯的父亲送去医院。
② 乌力波注：在我们的剧情里，这也是为了给嫌疑人设置陷阱。

Roman série noire.

Un jeune type se lance sur la piste lorsqu'il s'aperçoit qu'une après l'autre, toutes les filles qu'il a aimées tombent sous les coups d'un assassin. Il arrive trop tard à que fois mais finira par découvrir l'auteur des meurtres, sa mère, qui aura trouvé leurs noms dans le journal qu'il tenait étant jeune - il n'y pense qu'à la fin et découvre le pot aux roses lorsqu'il s'aperçoit qu'il a disparu.

Au début, revenant, dans le train, il croit entendre prononcer le nom - de b 1er se perd ds une rêverie n'achète pas les journaux. Pas de nouvelle que c'est vrai, que les crieurs le hurlent en première page - Revient de voir la tombe de son père de l'hôpital blessé en Corée. Va ch son copain qui est détective - c'est lui qui est chargé de l'affaire. Là, il voit les journaux s'apercevait   Ellen Brewster -

c'était bien ça. Rape. Décide d'aider son
copain. Celui-ci accepte. Peu à peu, le
copain percevra le teint de + en + à l'écart.
C'est qu'il saura que c'est la mère. Finira
par se battre avec lui au moment où elle vien-
-tra. son copain évanoui, il se planque. il la
voit noir. Et c'est elle, il la reconnait après
l'avoir tuée. Il fout le camp – à moitié cinglé.
trouver un pasteur – lui ordonne d'aller prier
pour la mère. Sous la menace du revolver, avant
de le lâcher, il fait dire au pasteur qu'il ne
croit pas qu'il y ait rien après. parce qu'il
ne veut pas la retrouver. Alors il se tue – comme
le chinois qu'il avait descendu – on n'y échappera
pas.
_____

- La mère a trouvé le journal *en cachette*
la *chambre* pointe *retour de son fils* dans
sa garçonnière – l'expliquer à la fin –
Mère : devenue telle par complexe de
frustration – mari *méprisant* et
toujours dans les nuages *dignes* sa
seule manie – (C'était une volonté d'évanoui ou
s'en apercevait parce qu'il est malade)

Toutes *mortes* *et le sexe brulée* *mis fait le l'hôpital*
la poche et la sexe brulée *qui t'enferme et*
mémoire

Narcisse Carmen
Colléra *dans les bras*
de Franc-
pour sla prier
Sally pour
la vie qui
a craint.

维昂的故事大纲手稿

关于封面

关于封面 | 185

1946年夏，非常年轻的出版商尚·达路安（Jean d'Halluin）委托鲍里斯·维昂写一部"畅销书"，"要和亨利·米勒的《北回归线》一样受青睐"。他接受了，用十五天时间完成了《我要在你们的坟墓上吐痰》，一部对美国黑色小说充满火药味的戏仿。书以笔名维尔侬·苏利万出版，大获成功，也引起了轩然大波。多亏他，天蝎出版社得以走上正轨。

尚·达路安邀请画家尚·柯律索-拉诺夫（Jean Cluseau-Lanauve, 1914—1997），创作出著名的黑红两色的封面，以及一个简洁的红色蝎子作为商标。维昂、格诺、葛亨、伊维尔诺、马莱、纳瑟侠克都在天蝎出版过，通常都使用笔名。

《在劫难逃》的封面，由艺术家、乌力波人克莱门汀·梅洛瓦（Clémentine Mélois）设计，以此向黄金时代的天蝎出版社与柯律索-拉诺夫在图形上的探索表达敬意，充满活力的字母设计和视觉冲击力在他的作品中占据了主导地位。在1946年，数码构图的手段还不存在，一切仍然是剪刀、画笔和手工的天下。这种具有时代特征的纯粹的图案便由此而来。

如果鲍里斯·维昂完成了他的小说,我们愿意相信它的封面会是您手中的这个样子。

ON N'Y échappe PAS

BORIS VIAN
ET
L'OuLiPo

ÉDITIONS FAYARD

跋

跋 | *191*

鲍里斯·维昂的一生中，仅有少数作品得以发表。在他于1959年英年早逝后，他的妻子郁苏拉·维昂-库布勒（Ursula Vian-Kübler）肩负最强烈的使命感，要让他的作品重见天日并流传于世。在啪嗒学院，尤其是在弗朗索瓦·卡哈德克、雅克·本斯和诺埃乐·阿尔诺的帮助下，她锲而不舍地做到了。她还整理分类了存放在巴黎第十八区微虹里的档案。彼时的三位出版商发挥了重要作用：六十年代初的尚-雅克·伯斐（Jean-Jacques Pauvert）和埃里克·洛斯菲尔德（Éric Losfeld），七十年代初的克里斯蒂安·布尔格瓦（Christian Bourgois）。尤其是尚-雅克·伯斐出版了《摘心器》《红草》和《岁月的泡沫》，以及诗集《我不想玩儿完》；所有这些作品都于1979年被收入法雅出版社的书目。

随着世纪之交和千禧年的临近，在1996年，为鲍里斯·维昂作品全集寻找出版商的郁苏拉·维昂-库布勒，向克里斯蒂安·布尔格瓦征求建议。后者顺理成章地向她提议见见他的朋友克劳德·杜航（Claude Durand），法雅出版社总裁，他正在为以"伯斐"冠名的丛书收罗第一流的作品。克劳德·杜航在位于圣父街的办公室安排了一次与郁苏拉·维昂-库布勒的会面，同行的有德（d'Déé）——在圣日尔曼德佩地窖俱乐部时期，备受朱丽叶特·格蕾科（Juliette Gréco）青睐的比博普爵士舞者——舞蹈家、编舞家、服装设计师、室内设计师，后任鲍里斯·维昂"基劲会"（Fond'Action Boris Vian）联席主席，负责作品的传播，同时也鼓励各个艺术领域的新生代创作。我参加了这次会议，我自1976年起就在他们身边成长，为了重塑和维护作品之精髓。最后在场的是温文尔雅心思缜密的克里斯蒂安·布尔格瓦，和一位年轻的编辑索菲·格朗强（Sophie Grandjean），她对这组献身于鲍里斯·维昂作品的"神圣三位一体"已了然于胸。

鲍里斯·维昂全集的出版团队阵容相当震撼，其中包括诺埃乐·阿尔诺，负责序文，芝加哥洛约拉大学的吉尔伯·佩斯图霍（Gilbert Pestureau）教授，多部著作的作者，优秀的项目总监，总是乐于发现一位像他一样的跨界作者对其领域的拓展。很不幸，吉尔伯·佩斯图霍这位忠实的朋友过早地离开了我们，未能完成这些《全集》。在他临终之际，他一心将一位在加拿大维多利亚大学教授法语的现代文学教授介绍给郁苏拉·维昂-库布勒。于是马克·拉庞受托接手完成这项工作，他做到了。十五卷共9960页在1999年至2003年间陆续问世。法雅出版社因而成为维昂的文字作品的海外代理，众多作品以四十多种语言得以广为传播。

2010年郁苏拉·维昂-库布勒辞世，鲍里斯之子帕特里克·维昂（Patrick Vian）希望我成为授权代表，同时延续作品的管理工作。2016年的某一天，我提到了鲍里斯·维昂有一部小说的开头。一份郁苏拉珍藏的手稿，好似这个装有五十多页稿纸的资料袋是她昔日爱情的唯一"未示人"之物。其暂定名——《黑色系列小说》。写于1950年或1951年，对维昂来说，那是一段艰难时期，他感到疲倦，承认由于文学失败而遭受的打击，但他也一直在寻求补助。因此，随着马塞尔·杜阿梅尔（Marcel Duhamel）创设的著名"黑色系列丛书"的大卖，对于这位曾经花两周时间写出《我要在你们的坟墓上吐痰》的作者，似乎有可能迅速交付一部不同于以往类型的黑色小说，还可能为此想出一个新笔名。但时常行色匆匆的他很快转向了其他计划，再也没有抽出时间回到他的犯罪小说上。美丽的资料袋由此在原地沉睡了数十载。在九十年代，郁苏拉将它托付给我，我告诉自己，总有一天我要用它来做一件无愧于她的期望的事。今天，此事告成。

妮可·贝尔朵特

维昂与郁苏拉乘驾他的爱车 Brasier Torpédo 1911
（此照片被用在这对新人将于1954年2月8日举行婚礼的喜帖上）

Ch. I

.... Ellen Brewster .... Ellen Brewster ..... Ellen Brewster ....

Je m'éveillai en sursaut ; le train repartait avec un choc violent. L'arrêt s'était produit en douceur, sans doute, et n'avait pas troublé mon mauvais sommeil. Tandis que les dernières lumières de la gare s'évanouissaient dans la brume triste de l'automne, je mâchonnai vaguement à vide. J'avais un goût pâteux dans la bouche et la sensation me rappela mon réveil sur la table d'opération, deux mois plus tôt, en Corée. En fait, je n'avais guère besoin de cette sensation pour me rappeler cette opération. Je regardai ma main gauche. Un bel objet de cuir, à l'intérieur, des ressorts et des leviers j'avais me permettaient de presque tout faire. Presque tout. Quel effet ça produirait-il sur l'épaule d'une fille,

手稿：第一章

10/ — Ellen Brewster, (épouse divorcée) d'un riche banquier de Black River, assassinée... Édition spéciale... Ellen Brewster, épouse divorcée d'un riche banquier de Black River... assassinée...

Ma mémoire, oui. Ma mémoire... Ou le creux de Stone Bank, où j'étais arrivé endormi ?

Ch. 2

Je repliai le journal et le mis dans ma poche. Topky
Tout était gâché. Le retour en taxi jusqu'à la maison, l'arrivée devant la haute grille de fer noir, l'odeur familière des feuilles mouillées dans les allées, fraîches et grises de brume, et le bruit de mes souliers sur le gravier devant le perron, tout disparaissait, reculait et perdait sa saveur et sa consistance

手稿：第二章

41/ Il me paraissait plus safe de ne pas répondre à ~~cette~~ dernière question

Ch. 4

Dream Street, malgré son nom, est en plein milieu du quartier des affaires de Stone Bank, et Narcisse Rose avait installé son bureau dans le plus bel immeuble de la rue, dont le soubassement de marbre, avec ses colonnes ~~~~ d'un style, oscillant entre le dorique et l'Ingersoll-Rand, m'enchanta.

Nous entrâmes dans un vaste hall par une porte de glace et d'acier chromé. Devant nous se trouvait une batterie d'ascenseurs ~~et~~ leur va-et-vient incessant disait toute l'activité du lieu. De fait, les étages supérieurs se trouvaient occupés par la direction et les services d'un grand quotidien dont le rayon d'action s'étendait très au-delà de Stone Bank et de sa voisine.

~~~~ La porte de la calme

55/ de photos. Il me tendit l'épreuve 18x24.

Je sursautai. Et puis je regardai mieux. Pendant ce temps là, Narcisse remplissait mon verre pour la troisième fois.

— Narcisse... ce n'est pas la même... Qu'est-ce que ça signifie ?

— Retourne-la.

Je la retournai et lus. Beatrice Driscoll, 7 juillet 1950. South Forest.

Ce coup là, je me sentis devenir verdâtre et je cherchai un fauteuil. Il y en avait un derrière moi. J'empoignai le verre, le vidai d'un trait et me laissai choir. L'alcool me brûla les conduits et me fit tousser, mais il me mordit à l'estomac et me rappela opportunément le jeune spartiate au renard.

— Allons, Frankie, dit Narcisse, étonné. Tu ne vas tout de même pas tourner de l'œil. Tu as dû en voir d'autres au dessous du 38ème, ou alors qu'est-ce qu'on vous fait faire là-haut ? Vous jouez aux grêles ?

— Narcisse, dis-je, tu te fous de moi ou c'est sérieux ? Parce que Beatrice Driscoll, que j'ai connue Ellen. La seconde femme de ma vie. Tu piges ?

手稿的最后一页

鸣 谢

乌力波衷心感谢作为"维昂共同遗产管理人"成员的妮可·贝尔朵特和鲍里斯之子帕特里克·维昂，将续写鲍里斯·维昂未竟手稿的使命相托。

乌力波同时要感谢法雅出版社的索菲·霍格-格朗强在整个工作过程中给予我们的信任，包括对封面图案的选择。